樂府

.

心里滿了,就从口中溢出

Eugen Drewermann

Das Eigentliche ist unsichtbar

Der kleine Prinz tiefenpsychologisch gedeutet

†

〔德〕欧根·德雷维尔曼 / 著
杨劲 / 译

本真不可见

《小王子》的深层心理学分析

北京联合出版公司

目录

序:"小王子"当在此处·I

讯息

†

王子——近乎宗教性的重新发现·3

成年人——孤独之写照·15

沙漠智慧与寻爱跋涉·39

爱与死或望向星辰的窗·59

问题与分析

†

玫瑰的秘密·78

伊卡洛斯的秘密·108

在"沙漠之城"与天上的"耶路撒冷"之间·137

注释·147

序:"小王子"当在此处

《小王子》的童话

†

《小王子》,安东尼·德·圣埃克苏佩里最美的文学作品,已成为无数读者生命中的核心故事,这一影响至今未曾减弱,在他们孤独时提供精神庇护,在他们失望时给予慰藉,在他们寂寞时带来希冀;在他们漫长一生的寻觅与向往之路上,充当不可或缺的良伴;当他们置身于日益冷漠的世界中,这本哀而不伤的书,仿佛一块充满理解的温暖之地。

是对已逝童年的永恒怀恋使得《小王子》如此给人安慰、令人眷恋吗?确实如此,却又不止于此。它以艺术手法讽刺性地摆脱"大人们"疯狂的心理控制和充满强制性的世界观——面对人性荒漠，人们终于可以深吸一口气，拒绝踏入其中。尤为重要的是，《小王子》一定程度上能够重建人们对爱情无条件忠诚的信赖；它昭示并代表着一个为彼此付出努力和承担责任的世界，展现了爱的关联状态，即便死亡也无法将它降服——它是一曲关于情谊与陪伴的颂歌，充满单纯和美丽得令人心醉的意象。

如此一来，圣埃克苏佩里创造的"小王子"成长为关于人性的梦想和理想形象，也就不足为奇了。他时而回首孩子般天真无邪的国度，时而仰望星辰，听夜空繁星发出铃铛般的声响。他对我们讲述着：在一个看不见的星球上盛开着一朵奇异的玫瑰，重新赐予我们心灵的宽广和梦想的深沉——我们本以为在荒凉岁月里这份感情已丧失殆尽。我们对"小王子"生成了母亲对孩子般的关切之情，祝愿他在他的星辰世界里平安幸福，我们差点儿忘了，在圣埃克苏佩里的作品中，小王子已无限期地"过世了"。我们希望圣埃克苏佩里本人就是"小王子"的现实化身，愿意追随众多传记作品的描述去探寻他。他的朋友和同伴就认为，圣埃克苏佩里借助"小王子"形象为后世留下了自画像。

从心理学角度深入剖析《小王子》里明显的自传特征确实有其必要性。但这样做也存在风险，可能会摧毁"圣埃克苏佩里神话"，因为一旦这样做，贯穿圣埃克苏佩里生命与创作的重重矛盾就只与他个人挂钩，很难通通归咎于时代状况的恶劣；如果对《小王子》进行客观分析，它恰恰能比圣埃克苏佩里其他的杰出作品更好地提供良机，让我们洞穿本质，不加矫饰地直面圣埃克苏佩里这个人。

圣埃克苏佩里的作品蕴含着诸多特征，人们应当由此理解他，而不是将他奉若神明。本书所勾勒的圣埃克苏佩里形象是迄今为止的研究文献所未曾有过的，或许有读者觉得他对圣埃克苏佩里的爱受到伤害或对他的同情遭到辱没，从而排斥本书的观点，我在此还是事先申明为妙：说得更确切些，如果缺乏对现实的信仰和信心，忽略了现实可能比圣埃克苏佩里从他的世界观的高度所看到的更可爱、更充满希望、更给人慰藉、更富于人性，你可能就无法真正理解像圣埃克苏佩里这样伟大的诗人的宗旨与言说。圣埃克苏佩里的作品具有先知般呐喊的伟大价值——然而，恰恰是最伟大的先知所宣讲的讯息最终容易被驳倒，因为人们对他盲从：每当他们口中的风暴平息之际，上帝就在"火后有微小的声音"[*]，这种沉默不惑人，只求善。只有当我们揭示出重重矛盾，并帮助"小王子"疏解导致他走向不归路的种种矛盾时，他才会重返地球。"小王子"应当在此处生活，就在我们地球上——这是我从神学和深层心理学角度解读《小王子》的目的，即希望读者借助文字与图像，了解圣埃克苏佩里著名童话故事中浓缩了的意象，将他的梦想融入自己的生命之中。

诠释《小王子》的意义何在

†

试图诠释《小王子》的人，容易变身为"猴面包树"。"猴面包树"在书中是这样的含义：它因妄自尊大和身形巨大而摧毁了整颗充满幸福的秘密星球，它的深根凿穿了孩子们的世界，搅乱了梦想，它永不餍足的欲望蔓延挤占了所有的空间，挤走了玫瑰可以生长的沃土。任何阐释不都是在扼杀文学语言吗？深层心理学阐释尤其如

---

[*] 《旧约·列王纪上》第19章第12节："地震后有火，耶和华也不在火中。火后有微小的声音。"——译者注

此。它剥夺了文学语言的直接性，代之以反思；它剥夺了文学语言的温暖和情感的深沉，代之以推断与抽象组成的概念式思考；它剥夺了高度象征意义的整体，而将之消解在分析与碎片中。"因为你若想理解人们，就不可听其所言。"[1]

既然如此，为何还要对《小王子》进行心理分析式的阐释呢？为什么不让作品止于简单的意象呢？

因为——必须指出的是——任何真正的文学作品都将复杂现实浓缩在多层次的象征之中，只有将对作者内心的细腻感受与深入思考的分析两者进行奇妙结合，才能真正理解文学语言。

确实如此。只要将任何梦幻般的文学或宗教意象肢解得七零八碎，拉开思考上的距离——这一距离抑制所有直接感受，就会摧毁对意象的想象力和关联能力。不过，相反情形同样存在：如果对待一则短篇小说就像对待一场梦，每日清晨醒来时，对深夜睡梦所带来的讯息或感受付之一笑，不管是开心还是怅然，只当一场梦而已，醒来只感到一阵轻松[2]，这样也会剥夺小说或梦的影响；或是把梦中意象当素材绘声绘色地讲给朋友听，没有在梦中认出自己，全然不知梦的情节是何等犀利的诊断，甚至借助梦来逃离现实。文学世界恰恰随时能起到为知识分子提供麻醉的功效，但若不能引发读者的自我反思，就是与文学宗旨背道而驰的。

因此，对文学作品的诠释势在必行，人们如果思考，文学作品中的哪一部分凝聚了现实中的哪些方面，并不会沦为妄自尊大的"猴面包树"。对文学作品的阐释若是关注浓缩于其中的生活现实，当然会明显不同于文学研究所做的诠释：后者注重的是对语言技巧进行分析——借助这些技巧，生活被塑造成文学，我们的诠释则致力于描述现实本身，现实在文学艺术作品中以浓缩的形式呈现出来；我们不关注文学作品的艺术价值，而是挖掘其心理与存在层面上的真理内涵。既然安东尼·德·圣埃克苏佩里本人这样谈到文学分析，"处于同一层面的是逻辑与事物，而非将事物联系起来的节点"[3]，那么，必须考察的是，我们自己多大程度上能够认可这个"节点"，认可这一浓缩了的愿景和文学中与逻辑无关的意义确立所具有的制约性。圣埃克苏佩里的所有作品都蕴含着预言色彩。他认为，自己的创作是关于人性的使命。因此，探讨是哪些经验与认识、母题与目标、个人或时代所致的印象及经历、人性的显现对这位法国作家的作品造成了深远影响，也就越发重要了。没错，"造物主总是远离其造物。他所留下的痕迹是纯粹逻辑"[4]；可是，若要让造物产生影响，我们就必须探讨其中蕴含的人之形象，挖掘其中描绘的造物主的自画像。诠释艺术作品，并非出于强烈的对心理进行逻辑式肢解的癖好，而是为了努力揭示存在的真相。

还有一个原因。《小王子》的读者已有几百万，将来还会增加数以百万计的读者。倘若几个世纪之后，我们不停书写的时代图书馆将消融为几个标志性的快照，正如但丁的作品对我们来说代表着"整个"中世纪，或是莎士比亚的戏剧代表着"整个"维多利亚时代，那么，我们所处的血雨腥风、不断爆发灾难性冲突的 20 世纪或许只有两部文学作品堪称标杆：弗兰茨·卡夫卡的《城堡》和圣埃克苏佩里的《小王子》。

卡夫卡的《城堡》无疑是这样的：这部长篇小说以令人惊悚的方式为理解现代人的存在危机提供了一把金钥匙。没有哪部作品如此鲜明地展现我们的存在的无意义与异化，以及我们内心的分裂与孤独、无助与迷茫。[5]过去的几个时代脸谱化地出现在神话和童话、传说和传奇中。卡夫卡的这部长篇小说则是童话的对立面,一幅残酷图景,即人置身于被官僚体制所管理的无法理解也无法对抗的冰冷世界之中,感到山穷水尽和无路可走,在这世界中,就连关于希望的隐喻,以及城市与城堡、王国与任务这些童话意象也通通被逆转为灾难的象征。因此,似乎没有谁比与《城堡》针锋相对的《要塞》[6]的作者圣埃克苏佩里更适于证明绝望之反面了,即便不读圣埃克苏佩里的这一近千页手稿的未完之遗作,只要读读与之同时创作的《小王子》,就会发现后者是一册希望之书、爱之宝典,而这并非偶然。倘若要证明即便混乱不堪的 20 世纪也能孕育出具有超时代影响力的童话,想必《小王子》就是最佳佐证。

因此,要分析这本薄薄的小书,研究其心理世界,其实意味着提出一个问题,即在我们这个多重意义上非人性的时代,多大程度上还存在着或尚能存在希冀。我们显然置身于无限蔓延开来的沙漠之中,可是,沙漠中是否藏着一口井,而井在何方——这是问题所在。我们必须与圣埃克苏佩里一道,行走在寻觅星辰与水井的漫漫长路上,看看我们在黑夜里能觅到几缕光亮，在沙漠中能找到几滴清水；我们不仅要努力理解他的讯息，而且必须考察这一讯息能存载几何。

讯息

†

"孩子"却在某种意义上学会了从头开始新的生命：不仅英勇无畏地直面真理……而且无限向往更为温柔、怜恤、和睦以及总体上更为公正的世界。这样的"孩子"不会目眩于"大"人们的权势，不会去追逐名利、事业成功和金钱，因为他知道，所有对于人性真正重要并有利于和睦的东西，只有"小"孩们才能看见和接近。

王子——近乎宗教性的重新发现

†

有一个现象让人惊讶：每当作家想表达本质之事时，都会从宗教的意象世界这一源泉汲取养分。圣埃克苏佩里的"小王子"形象即是如此。

世界各地的众多民族都在讲述着王室之子的故事，他们离开世界的隐秘角落，来到人群中，具有用另一种眼光看世间万物的能力。这一原型母题已具有宗教品质。圣埃克苏佩里更进一步地继承和延续了宗教语言，因为他所描述的王子从遥远星球来到我们这里。圣埃克苏佩里明确保证，这位王子在我们的世界上仅做短暂停留，一年期满，他便会面临死亡，他必须返家，回到星辰的光亮之中。尽管如此，他的出现并非毫无意义，因为我们从此记住了他的形象，等待着他的归来，而且，从此以后，当我们在幽黑深夜凝望星辰时，会觉得它们的闪烁已不同于从前了。虽然"小王子"来到这个世界之后，世界并没有发生改变，但我们可以用他的视角去重新认识世界，许多我们刚刚还觉得重要的事，用他的眼睛一看就显得有些可笑了，而许多可笑的事情也变得严肃起来；大事显得无足轻重了，不起眼之事显得重要非凡了，而且，我们可以从被否定的人性中重新发现许多有价值之处——最重要者莫过于梦想、等待和爱。

是什么将宗教与"具有神性的孩子"这一形象相联系？其实是我们的心灵重新找到生命源泉的许可。我们的生命由此重获新生般萌发于新的世界，在这个世界里，正如《小王子》所描绘的，动物会说话，花朵会交谈，星辰会歌唱。

"你们若不回转，变成小孩子的样式，断不得进天国。"《新约》里没有真正讲明，耶稣对其门徒说的这句话究竟何意。即便应当避免对孩子存在状态的内涵进行浪漫美化[7]，仍须指出，宗教意义上的孩子拥有两种态度，这两种态度使得孩子永远不会背弃其真正的本性：信赖与忠诚。

从宗教角度来看，"孩子"所代表的生命充满对"世界本质是好的"的执着信赖，因此不需要对抗恐惧的保障措施，这些措施从根本上主宰和扭曲着"成年人"的生命。

人一旦心怀恐惧，就会害怕自己"小"；恐惧会像鞭子一样抽着他向前,不断催促他变得更大、更像"成年人",直至他成长得完全超出自己的尺寸,在词的本义上变得"恶"[8]了:各种层出不穷的表面技能和虚假能力组成"佯装立面"[9],暗地里却妄自尊大、虚妄不实。耶稣曾语重心长地问道:"你们哪一个能用思虑使寿数多加一刻呢?"人若心怀恐惧,就无法在生命中切身体会这一真理。"孩子"则学会了摒弃恐惧所造成的假象世界——这些恐惧在"大"人们、装腔作势者、自吹自擂者和患上慢性恐惧症的恐惧制造者心里疯长蔓延,"孩子"却在某种意义上学会了从头开始新的生命:不仅英勇无畏地直面真理——对于接受真理者而言,上帝的赐福仅在于真理本身,而且无限向往更为温柔、怜恤、和睦以及总体上更为公正的世界。这样的"孩子"不会目眩于"大"人们的权势,不会去追逐名利、事业成功和金钱,因为他知道,所有对于人性真正重要并有利于和睦的东西,只有"小"孩们才能看见和接近[*]。这一信赖感赋予他无限的开放态度。在"成年人"世

---

[*] 《新约·马太福音》第11章第25节:"那时,耶稣说,父啊,天地的主,我感谢你!因为你将这些事向聪明通达人就藏起来,向婴孩就显出来。"——译者注

界中颇为重要的善与恶之间的伦理差别对他来说却是无关紧要的，因为他知道，恐惧和孤独只是看似拥有绝对威权而已，他在内心最深处觉得，只有在爱的恩典与幸福中才能达至善。正如耶稣在《新约》中所讲，"他叫日头照好人，也照歹人，降雨给义人，也给不义的人。"* 他，这位法力无边者，必须和太阳、雨水一样俯身降临所有人身旁，无论是高贵者还是卑微者，每个人都全然活在他的恩典中。

一天清晨，像耶稣这样的"孩子"在耶路撒冷神庙广场上彰显奇迹，他使得一群人片刻之间摒弃对公正的成见，终止对被判决者的制裁，并敢于直面自己的内心——之前他们已手持石块站在广场上，正准备对一位犯下通奸罪的妇女实行法律所规定的集体私刑。[10] 在同一意义上，陀思妥耶夫斯基通过梅诗金公爵这一形象描写了彰显奇迹的孩子，他不顾瑞士村子里其他村民的判决和偏见，收养了被玷污和被唾弃的、生命垂危的玛丽亚，并让当地的所有孩子学到了发自内心的善良和无限的理解——他们原本和成年人一样嘲笑这女人，还朝她扔石块。[11] 这类"孩子"

---

* 《新约·马太福音》第 5 章第 45 节。——译者注

的爱包罗万象——不将任何需要帮助者排除在外，无论是人还是动物，其身份是高贵还是卑贱。

对"成年人"来说，社会差别至关重要，他们最关心的事莫过于，人们盖了什么样的房子，开着什么样的车，吃鱼或龙虾时是否懂得如何使用刀叉。像耶稣这样的"孩子"则不在乎其门徒在餐前饭后是否洗了手，然而，这个人的内心活动，其所怀有的想法与情感却决定着"孩子"如何评判他*。与此相似，乔治·贝尔纳诺斯**在"乡村牧师"***这一形象中描绘了这样的"孩子"，伯爵夫人昌塔尔女士因儿子的夭折悲痛欲绝，在绝望中对上帝充满愤恨，对此，这个"孩子"说道，她死去的儿子在上帝那里得到更深的呵护，让昌塔尔夫人觉得儿子仿佛失而复得。[12]

谁如果基于对上帝的信赖，克服了人的恐惧感，能敞开心怀接受这类简单的真理，他就是宗教意义上的"孩子"。无论是谁，只要他在生命中相信上帝是天父，他就

---

* 《新约·马可福音》第7章第1—13节。——译者注
** 乔治·贝尔纳诺斯（Georges Bernanos，1888—1948）：法国小说家、评论家。——译者注
*** 此处提到的乡村牧师指小说《乡村牧师日记》（1936）里的主人公。——译者注

是宗教意义上的上帝的"孩子";人们遇见他,就像遇见兄弟姐妹似的,他心怀无目的的善,这种善既不占有也不奴役。人们不禁想将这样的"孩子"称作"王子"或"公主",因为在他身边就会觉得仿佛被邀请到其他人眼睛看不见的他的王国去做客,落座于永恒国王的宴席旁,人们可以极其生动地忆起自己的生命初始,即源于天光。"天国好比一个王为他儿子摆设娶亲的筵席"*,耶稣在《新约》里这样谈到对我们存在的嘉奖及使命。

据此而论,圣埃克苏佩里的《小王子》无疑采用了宗教想象世界中的关键母题——倘若没有基督教的象征与精神背景,就根本不可能产生也根本无从设想"小王子"这一形象;不过,"小王子"的存活仅仅像是曾经强烈的宗教之光投下的稍纵即逝的淡影,萦绕着他的哀伤与忧郁、日落与孤独的氛围仿佛充满缅怀:怀念那本应活着,如今却仅存暗影的一切。因为,尽管《小王子》显得浪漫迷离,尽管这部作品以浓缩的方式同样奏响着伟大的宗教真理,尽管人们觉得它对迷信于数字与表象的成年人世界的批评

---

* 《新约·马太福音》第22章第2节。——译者注

富于人性、可爱可亲——说到底，即便像《小王子》这样伟大的文学作品、20世纪的这则最美的童话，也像是在心不甘情不愿地证明：梦幻曾有裨益，童话曾经实现，但这样的时代早已远逝。

因为，各民族的伟大梦想讲述的，往往是成年人如何能亲身经历重生的奇迹——这一奇迹以象征方式在他们的某个孩子身上得以实现；或是孩子如何能保持特质，即便他大多冒着生命危险长大。与此相反，《小王子》描述的则是相遇而无法实现融合，回忆而无法达成综合，满怀希望却不见希望的曙光。

这则故事开篇描述的，正是成年人可能在孩子真正开始生活之前造成的所有摧毁。按其扉页所写，它是献给一个成年人的，其实却是写给孩子的——当这个成年人还是孩子的时候。没错，它呼吁地球上所有的孩子别去相信成年人的表面显赫，而是保持内心单纯。可它没有指明，"成年人"是否有机会改变非人性的病态，重新找到自己，返璞归真；它更没有透露，"小王子"如何能够在地球上建立秘密王国。恰好相反，"小王子"出于对"玫瑰"的忠诚，最终返回B612星球，坠落的飞行员则重新拾起"成年人"

的生活,无疑比先前更加渴望也更加哀伤地想将"小王子"形象融入自己的存在之中,却无力做到。

的确,基督教还讲述了"具有神性的孩子"[13]在人世间从一开始就遭到追捕、驱逐,最后被处死;基督教还讲述:应该等待上帝所派使者的归来,我们已知其身影,已聆听其福音。不过,"具有神性的孩子"在宗教意义上代表的是从根本上得到重生与解脱的存在类型;作为理想类型,"小王子"代表的则是从未活过的生命所具有的内涵,这内涵让人无限向往;他仅仅代表着对立面,与"成年人"的非人性世界针锋相对。宗教所讲述的梦幻已成现实,因此随时可能重又兑现,圣埃克苏佩里的故事所讲述的梦幻则从未实现过,何时能兑现是遥不可期的。宗教的"具有神性的孩子"代表着战胜了死亡的生命;"小王子"则代表着从未被允许进入生命的孩童状态;他所经历的生命不是死而复活的,而是被窒息在摇篮中的;他代表着人内心与生俱来、本应实现的禀赋——如果外界不是过早地霜降于春天里这些最初绽放的花朵上。

圣埃克苏佩里在《风沙星辰》一书中有一则关于亲身经历的笔记,在其中他首次采用"童话里的小王子"这一意象，这比任何评论都更清楚地说明"小王子"隐喻的意涵。它出现在书末的场景中，圣埃克苏佩里看着火车车厢里的同行旅客，开始浮想联翩[14]：

> 我坐在一对夫妻对面。在丈夫与妻子之间，孩子多少挤出个位子，他睡着了。当他在睡梦中翻过身来，小脸朝向我，车厢里的夜间灯光照在他脸上。多么可爱的一张脸！这对夫妻生下了一枚金果，从他们衣衫褴褛的臃肿身躯里孕育了一个无比妩媚和可爱的身体。我俯身端详着他那光洁的额头、可爱地嘟起的嘴唇，我发现，这是一张音乐家的脸——这是童年莫扎特，预示着生命的前途无量！只有童话中的小王子是这般模样。这个孩子如果得到呵护、关心和栽培，他会取得怎样的成就！如果花园里培育出一朵新品种的玫瑰，所有园丁都会激动不已。人们会把玫瑰妥善隔离，悉心照料，对它呵护有加。但我们没有培养人的园丁，眼前的小莫扎特会像所有别的孩子一样被铁锤敲打成庸碌之辈。他兴许会坐在空气污浊的夜间咖啡馆里，听着粗糙蹩脚的乐曲而觉得无比美妙。莫扎特其实已被判了死刑。我回到自己的

包厢，仍在继续想着："这些人根本不为自己的命运遭际而苦恼。我此时的感触并非博爱之心。我不想因为一个永远无法愈合的伤口而心怀怜悯；因为人们虽然身上印着这道伤疤，对此却毫无觉察。在此被辱没的，其实是人性——并非个人。我不相信怜悯，但我以园丁的眼睛注视着人类。所以，令我深感痛心的，并非极度的贫穷，人在贫困中，渐渐会像在懒惰中一样安之若素。一代又一代东方人生活在肮脏中，却处之泰然。"令我痛心的事，是慈善机构的救济汤所无法解决的。并非身上的脓包、脸上的皱纹以及各种丑态；让我心情沉重的，是每个人心中都或多或少有一个被谋杀了的莫扎特。只有当精神往泥土里吹一口气，才能创造出人。

"小王子"是"被谋杀了的莫扎特"，是对生命充满哀愁的回忆和充满控诉的希冀，只要人们容许，这一生命本应大有作为的，却在萌芽状态就被弄得迟钝愚蠢，因为人们通过对情感的一举歼灭扼杀了精神上的一切敏锐与清醒，代之以麻木无感的一片肃杀：艺术创造力和由梦想与幻想组成的现实被压抑，取而代之的是娱乐的喧嚣和大众消费的肤浅化；音乐以及对天籁之音、万物之声的聆听消失了，取而代之的是电子音乐的震耳欲聋；文学、诗意、温柔和爱枯竭，取而代之的是愤世嫉俗的夸夸其谈和遭到逻辑与语言学肢解后的情感冷漠；不再有绘画，不再有对世间万物所隐藏的本质形态的洞察，取而代之的是对美的吆喝式贩卖和扭曲变形；没有了祈祷和对神圣之事的默然体验，取而代之的是所有词汇被贩卖，灵魂遭到系统性的摧毁——如此一来，音乐家、诗人、画家、牧师作为人感知能力和表达能力的基本形象不复存在了——他们全都被理性化地去除了，被动手术切除了，在实践中被消除了。不，即便圣埃克苏佩里的"小王子"也没有指明，我们作为"成年人"应当如何生活，他仅仅是在控诉而已：我们已沦为"成年人"。罪过业已发生，尚且不可预见的是，我们如何才能重返天堂。反过来说，倘若我们至少重又能感觉到些许哀愁，重又开始发现深藏在我们内心并希望获得新生的一切，我们已收获颇丰。可将"小王子"看作一幅心灵图像，他反映了我们内心在生命展开之前即已被扼杀的一切，代表着对业已失去的一切的回忆，是关于没能活过，却无论如何应当活下去的一切的永恒图像。

可是，谁是谋杀莫扎特的凶手呢？谁是这些市井小民般的灵魂杀手和人性扼杀者呢？答案只可能是：我们中那些大多自认为"成年"的人。这些人对情感冷漠、冷嘲热讽、灰心沮丧等习以为常，我们倒是钦佩他们，因为他们能够轻轻松松地不再希冀、不再等待，他们在生命中途业已死去，因为他们——按词的本意——"完事儿"了，把尚未像他们一样已"成年"的一切均已了结。

成年人 —— 孤独之写照

†

我们如果沿着"小王子"的足迹，假设自己真的来自 B612 星球，以"孩子"纯真无邪的目光渐渐接近我们无比熟悉、司空见惯的世界，这个世界就会暴露真相：它像一个充斥着虚荣、不实和自恋到无力去爱他者的珍奇馆；像一个由古怪的自我中心主义者组成的万花筒，他们各自居住在一个唯我独尊的星球上，与他人以及人性的距离之远以光年计，仅仅因为将一切都转化成数字，就自视为"做事认真的人"——事实上，他们自身只是"海绵"而已，吸干一切，却未真正将之消化，只是为了以此在他人面前显得"有分量"和"有厚度"。[15]

"小王子"在星球之旅第一站遇到的，就是一个悲哀的例子：一位孤独、年迈的"国王"将所有人均看作臣民，将任何事件的发生都主观想象成经由他的一道命令来决定的。他的世界所占据的空间极其狭小，他身穿的貂鼠毛王袍已将之全部覆盖，可是就连如此微小的世界，他也从未认真地好好去了解。他，这位自以为拥有无上威权的君主，其意志仿佛凌驾一切，对现实世界却没有一丁点的想象。[16] 他在与人交往时，头脑里只盘算着一个问题，即如何在他所臆造的权力欲框架内指使臣民。他的实践理性所遵循的"原则"是完全抽象和不通人性的，但这位"国王"毕竟明白，权威必须以理性为基础，因此，他的命令只能按照自然发生的进程而制定。人们可能会以为，"小王子"远比人世间大多数很快就顽冥不化、独断专行的"大人们"善良和智慧；谁若作为"臣民"被国王召见，会很想带上一本《小王子》，对着国王朗读："如果我命令一个将军要像一只蝴蝶那样从这朵花飞到那朵花，或者是命令他写出一部悲剧剧本，或者是变成一只海鸟，而如果这位将军在接到命令后不去执行的话，你说是他错了，还是我错了？"[17]

别指望能把缺乏艺术感的人和实用主义者变成诗人或在空中翱翔的人——国王虽然说出了这样的"明智之言"，但他接二连三的颐指气使、违背世间的运行法则，还为自己贴上崇高乏味的标签，假装奉着上帝旨意，要求别人俯首帖耳地顺从。比命令"将军"行使"蝴蝶"的"职责"更为残酷的是一再出现的苛求,即逼迫拥有"蝴蝶"般敏锐、细腻和美丽的人把自己和他人都弄得服从教条和规矩——这正是"国王"试图对"小王子"做的。

他虽然自称明白了"己所不欲勿施于人"的道理,可他根本没有放弃自己所臆想的无上威权,因此完全没有顺其自然、听凭事态发展。恰恰相反,他所下达的命令与"小王子"的本性相悖;将小王子任命为"法官",只是为了将星球上那只年老的耗子判处死刑。即便这位"国王"口口声声是在宣讲"智慧",他所说的不过是用意明显和毫无见识的老生常谈,只是为了往自己脸上贴金,掩饰他的外强中干。他虽然装得通情达理、温言善语,其实却是位暴君,喜欢对"臣民"施加淫威,以便他们一辈子依附于他的"恩典"。

这类古怪的君主所具有的性格特征还包括:他们总在审判、判决和赦免。不可能改变他们,他们的偏见所铸成的铠甲坚不可摧。因此,面对这位对一切都发号施令的"国王","小王子"其实也无话可说。书中没有一处有丝毫暗示,说明这些"大人"中的任何一位如何改过自新,这是

"小王子"童话的悲哀结论之一。这些"大人"缺乏对话的能力，心灵孤立，在自恋中画地为牢，这一切都处于绝对状态；与他们交谈从一开始就是毫无意义的，即便转身离开，他们甚至也会把这种断交解释为自己的重要胜利。就在"小王子"由于愠怒、乏味和反感而与国王告别之际，他还听到这位"君主"把他任命为"大使"，可他作为"大使"有什么可传达的呢，除了讲述：这种权力生命是不值得活的，对人的幸福无所裨益。"有人愿意做首先的，他必做众人末后的，做众人的用人。"*这大概是用"孩子"的眼光能从国王星球带到人世的唯一讯息；这一讯息意味着所有"国王"的末日，我们不能指望在《小王子》里，这一天会出现，可以躲避"国王"，却无从将之改变。

然而，还有比这更糟糕的人呢！"国王们"只不过希望他们的地位和角色得到承认，为自己的统治地位深感骄傲。而比这更令人气恼的则是"爱慕虚荣者"，他们妄自尊大，以为单凭自己的存在即已出类拔萃。由于身边充满仰慕者和鼓掌的人，他们随即陷入无可救药的孤独世界。

---

* 《新约·马可福音》第 9 章第 35 节。——译者注

如果一个人永远只关注一个问题：人们如何赞美他的容貌，仰慕他的荣耀，表扬他的想法，钦佩他的意见，这个人在各方面都已经让自己沦为一面扬扬自得的镜子，和这样的人是没法长期相处的。真正的"大人们"只有自视为最伟大者，才能接受自己；他们遇见其他人时，总是禁不住装腔作势、自吹自擂，至少也要在他人眼里显得美丽一些、美好一些、聪慧一些。因此，对"大人们"来说，与他人的所有交往都成了为赢得他人的垂青而展开的一场坚持不懈的竞争之战。吊诡的是：刚开始，人们可能还觉得这种对镜自赏和渴望被仰慕的自恋心态挺好玩，但是，人们很快会觉察到"爱慕虚荣者"单调乏味到可怜，难以忍受他们的以自我为中心和对他人命运的漠不关心，从这一刻起，"爱慕虚荣者"最渴望的恰恰是人们最不能给予的——敬重、珍视和认可。

正如那位统治欲极强、疯狂地以为自己拥有无上威权的"国王"不得不认识到自己完全没有权力，"爱慕虚荣者"出于自我中心主义对认可和仰慕的渴求也同样注定只会招致排斥和蔑视。他和"国王"一样，不曾幡然醒悟。恰好相反，每次沮丧只会使他更像发了狂似的，更加争强好胜和咄咄逼人，乞求他人赞美他。但他的竞争念头、招摇外表以及自我炫耀的肤浅只会一再招致他人的敌意和暗地里的报复。"所以不要忧虑，说：吃什么？喝什么？穿什么？……你们需用的这一切东西，你们的天父是知道的。"[*]耶稣在"山上宝训"中如是说，他指的是，每个人都能够拥有不可被剥夺的美，这美丽胜过麻雀和百合，人的价值并不取决于服饰和领带的优雅，但是，哪位"大人"聆听到了"孩子们"的这一简单讯息呢？

"爱慕虚荣者"的努力虽然纯属徒劳，可毕竟一定程度上还在寻求与人的关系。难以餍足的生命贪婪、孤独的自我中心和悲哀的无所节制，这些状态如果陷得更深一些，就会抵达"酗酒者"的星球。他是"爱慕虚荣者"被击垮了的样子，这位男子不忍再看自己一眼，不是因为他改过自新，去探究自我憎恨的缘由，而是宁可忘却自己。一定程度的自我鄙视会使人主观上以为，自暴自弃成了义务。[18]人一旦觉得自身的伟大遥不可及，这种沮丧就会使他感到软弱的绝望[19]，导致他意志消沉，沉浸在自怜和哀

---

[*] 《新约·马太福音》第 6 章第 31—32 节。——译者注

愁的糖水蜜汁里[20]，对他人不再有任何指望——人家干吗要可怜这样一个过得如此悲惨、根本管不住自己的家伙呢？既然他已破罐子破摔，在言行中皆是如此表现[21]。"酗酒者"牢牢抓住没有生命的杯中物，仿佛这是恋物，仿佛它拥有威权，即便不能让死者复生，却能让业已流逝的生命重返，抑或至少可以避人耳目，尤其可以避免看见自己的悲惨。[22] 如此一来，旋即形成恶性循环，对抗自我蔑视的良药逐渐演变为罪魁祸首，导致日益严重的依赖、表里不一和作践自己的卑劣行径所组成的无尽链条。取代人际交往的是酒精迷狂中的自我陶醉，在酒醺状态中暂且忘却自己，这些短暂瞬间本应压抑对自己的厌恶，到头来只会加重自身悲惨状况所带来的心理负荷，导致他最终再也无法忍受自己。可能会一再出现的情形是，其他人，例如，"小王子"，目睹因酗酒造成的作茧自缚心生怜悯。可是如何能救他们一把呢？既然他们已怯于说出实情，不敢做任何澄清或努力，主观上一定要尽量维持"伟大的成年人"形象，客观上却表现得越来越幼稚，最终只能乞求他人别再管他。

这种人的生命其实类似于《新约》中讲到的那位男子，

他由于害怕死后与上帝对质而埋没了自己的"天才",最终因虚度光阴导致根本没什么可展示的。*

除了这三位负面的自我陶醉者,"小王子"接着抵达下一轮的三个"星球"。这里居住的人物以变态的方式闯入世界,只是为了万无一失地酿成不幸。也许他们确实全都以各自的方式抵达了孤独的伟大——其实,伟大的仅仅是他们的孤独,他们身上唯一让人仰慕的只是他们不知何谓真正的伟大。"酗酒者"的自暴自弃表明,他努力想让整个世界都陷入麻痹醉醺状态,只是为了使自己丧失理智;把酗酒颠倒过来,就成了占有欲,这一欲望看上去目光犀利,其实很荒唐地将整个世界变成一座百货大楼,这一星球最终很可能归于毁灭。[23]

既然这里其实关涉"大人们"与自然的关系,或许有必要听听某些"自然之子"的声音,以便明白《小王子》针对充斥着"生意"(business)、"盈利"(profit)和"营销"(marketing)的世界所做出的文化批评仍具现实意义。例如,苏人族医师塔卡·乌斯特(Tahca Ushte)解释道:"白

---

* 《新约·马太福音》第 25 章第 14—30 节。——译者注

人有种令人反感的傲慢，将自己凌驾于上帝之上，并说道，'我会让这个动物活下去，因为靠它能赚钱。'"或言曰："这个动物必须死掉，靠它赚不了钱，可以把它所占的地盘派上别的更获利的用场。"[24]"对白人来说，每根稻草、每汪泉水都贴着价格标牌。"[25]"荒原渐渐成了缺乏生物的风景——不再有荒原狗、豹子、狐狸、荒原狼。巨型肉食鸟类当然也以荒原狗为食。如今，你可能只是极少见到鹰。白头鹰是这个国家的标志。你在钱币上总是看见它，你们的金钱却杀死了它。一个民族一旦开始杀戮其象征，那它一定已误入歧途。"[26]

印第安人塔坛伽·玛尼（Tatanga Mani）说的是同样的道理："你们的所谓的文明在很多方面都是愚不可及的。你们这些白人疯狂地追逐金钱，最后拥有了如此多的金银财宝，可你们的寿命太短，没法将之花完。你们掠夺森林、土地，浪费天然燃料，就像是你们之后不会再有下一代，而他们同样需要这一切。"[27] 撇开其中的"环保"因素不谈——圣埃克苏佩里可能也隐隐想到这一点[28]，只不过在《小王子》中没有明说出来，"自然之子"对我们的"文化"所做的批评针对的是同一现象，"小王子"在某些"大人"

身上看到这一现象时，必然也认为这很荒唐：心理强迫症似的一定要把一切——无论是什么——全都变成可支付和可计算的标价。

金钱的价值在于，它是全球通用的交换手段，金钱的这一略微抽象的特征已经很容易造成迷信，让人误以为用钱可以买到一切可以想见和值得盼望的，人们因此很容易忽略一个事实，即真正值得盼望的并非买得到的，而是——用圣埃克苏佩里的话说就是——事物之间的精神"关联"，比如，朋友就是店铺里买不到的。[29] 金钱的危险在于，它原本是取代五花八门的物品的交换手段，却变成了林林总总价值的象征，变成了目标物。与金钱打交道不再意味着"享受"——毕竟尚可用钱购买，如今必然关系到尽可能多挣钱，以便拥有尽可能多购买的能力，而不是多买物品本身。

恰恰可以如此定义星球上的有钱人、资本家，他舍弃了金钱所带来的任何私人享受，以便用很多钱去挣更多的钱。他既已"成年"，对他来说就没有什么是遥不可及的；他习惯于借助金钱将一切都转换成财产：山脉、湖泊、森林、荒原、海岸、草原与海洋——这一切，包括不计其数的动物与植物，均属于出价最高的那个人；反过来说，他所必须支付的金额恰恰是拥有此类"商品"后，估计大概会获得的盈利额[30]。说真的：为何不可销售月亮和星辰呢？只需要足够"忙"（busy）和"快"（quick）就行，抢在可能的竞争者之前——不仅宇宙空间是可购买的，就连时间也成了金钱。金钱越是给生活打上烙印并将之吞噬，它本身就越发显得具有生命了。一旦用很多钱轻而易举赚更多钱，一旦人们发现，用钱能买到的最珍贵的东西莫过于钱生钱，金钱的逻辑就真正变得无往而不胜了：人们不得不渐渐明白，用钱赚更多的钱，这种可能性本身就是金钱的真正价值所在。

当此之际，商人的天才为金钱注入灵魂：金钱永远不再意味着替代某些物品的交换手段；作为唯一重要的事物，它从此主宰着人的所有行为；它在银行里自行繁衍，在议会中操纵政治，任命皇帝、教皇和国王，远比一切掌权者更威力无边——没有什么不被金钱纳入囊中。金钱被如此赋予灵魂和威权，"小王子"觉得这"蛮诗意的"，可这是疯子的奇思异想，是噩梦里的幻觉，这一噩梦如果不能在所有地方显现为真正的现实，人们就不会信以为真。

"酗酒者"耽于饮酒癖好，让自己渐渐陷入迷狂醉态，以便将自己和世界通通忘却——他以此毁掉的只是他自己。"赚钱上瘾者"则将整个世界变成维持自己癖好的毒品，在此过程中摧毁一切，践踏一切。"人就是赚得全世界，赔上自己的生命，有什么益处呢？"* 希望和能够用钱买到一切的人，一定已把灵魂和肉体卖给了金钱，他越是富有，就越发贫穷[31]，他对此却毫无觉察。他是最深意义的"无用"，完全寄生的存在；由于上了瘾似的以自我为中心，他无法进行任何对话、听取任何教诲和获得任何见识。面对他，"小王子"同样无言以对；对这位"伟大"的"商人"来说，"小王子"的出现只是在打搅他、浪费他的时间，于是，"小王子"随即知趣地转身离开。迄今为止的所有成年的"星球居住者"有一个共同点，即他们像是被施了魔法似的追逐着明确目标，无论这些目标多么违背常理、荒诞不经，在他们的主观规划中却是于己有利的。十分怪诞的是，"小王子"最后还必须目睹一出戏，发现"大人们"甚至能将忠于职守变成以自我为中心的愚蠢之举。

---

* 《新约·马可福音》第 8 章第 36 节。——译者注

典型例子就是居住在第五个星球上的"点灯者",他和之前所有星球居住者一样,走在完全扭曲人性之路上,既没有个性化的名字,也没有个性化的面目,仅具有职业称谓、职守名称,他的整个存在与职业紧密融合。像他这样的人,如果被问"你是谁",他的答案一定是:"我正在(尽)职。"对他来说,重要的并非为何做事,做这事有何意义,抑或有何目的;对他来说,唯一重要的是职守命令,无论这一命令的内容是什么。"点灯"命令曾经是顺应需求的,时代却早已变迁——他所居住的小星球旋转得比以前快得多了;然而,即便他的工作命令,即他的世界观(本意上的"看世界的目光")已无可挽回地老化了,他作为尽着"职守"的"官员"、"彻头彻尾的"功能主义者和信守传统者又怎么会在乎这一切呢?他并不会止住脚步、凝神思索,更不会有勇气悔过自新,这样一位"拥有职守者"只会越发气喘吁吁、疲于奔命地跟着转得越来越快的世界后面奔跑;因为"职守就是职守","命令就是命令","人必须恪尽职守",而且"一天之计在于晨"。

要逃脱这一职守地狱,恐怕只有一条救赎之道,这正是"小王子"所努力建议的:"点灯者"必须容许自己,至少有一次"私人地"走向日落的地点，全心回味日落之美；他必须敢于在"职守时间"之外重新发现"生活时间"[32]，他的星球很小，这是完全可以做到的。这一建议却被置若罔闻。这位"职守牺牲者"的生活毫无停歇地日益陷入分裂状态：他一方面备感职业的劳累，另一方面绝望地期盼"安宁"——他指的是"睡眠""关灯"和"熄灯"，与此同时，他越发神经紧张、心力交瘁地履行着职守——和所有"大人"一样，他也是上瘾者，他也听不进任何教诲，无力改过自新，尤其无法使自己的意志与行动或行动与意志保持协调一致。他虽恪尽职守，暗地里却诅咒着自己的劳作；他并未将职业视为使命，反倒抱怨着不得不做的事，悲叹着自己的命运；依照他对自我的定义和对世界的阐释，他始终是环境的牺牲品，环境在命令他该做什么，他虽然一刻不得闲，却没能看透自己的秘密：不管他如何忙碌地工作，实际上并无个人意志，是个害怕工作的懒汉，是个好逸恶劳的人，正因除了"安安静静待着"别无所愿，他将永远不得安宁。如果通过自己的意愿和计划真正投入工作，这一工作就会具有尺度、目标和边界，就会是内心感受到的充实存在。对"点灯者"来说，它同样被来自外界的为难苛求，被永无止境、匪夷所思的操劳折磨——这里的恶性循环也是无可救药的。在这狭小的星球上，尽职尽责与消极懈怠同在，劳累过度与不思进取并存，任何形式的共同性、交流或二人共享的生活都无法在此得以实现。

确实，"点灯者"的工作原本可以成为洋溢着浪漫与诗意的行为，然而，按照"点灯者""履行"或"操作"职守的方式，他根本无法容忍身边还有别人；这种工作方式将他封闭于让人消沉的单调、让人处于疲倦的抱怨和可怜兮兮的自言自语之中。"你们看那天上的飞鸟，也不种，也不收，也不积蓄在仓里……"*"所以，不要忧虑……"**——这话应该说给所有"点灯者"听；可是，他们一定会立即证明：这类教诲在其职守中是无法"实行"的，违背了放之四海而皆准的职守实行命令。尽管如此，"点灯者"的工作癖好明显有别于"酗酒者"的酗酒癖好，也有别于第二个星球上"爱慕虚荣者"受外界掣肘的状况[33]。

---

*　《新约·马太福音》第 6 章第 26 节。——译者注
**　《新约·马太福音》第 6 章第 31 节。——译者注

客观些讲，作为"职守"，他的劳作毕竟一定程度上还是受制于精神的，即便他竭尽全力，只是为了尽可能既无思想亦无快乐可言地将之完成，这一劳作毕竟还是闪耀着一丝积极行动、责任和勇敢的光芒——这些心理倾向是完全精神性的。而那些想要达到真正的"伟大"的人，他们最终甚至把自由之最，即精神，也变成了无关生命、缺乏经验的假象生活，绞尽脑汁的自我吹嘘，由虚空的概念组成的混杂表象，这些概念仅仅意味着自以为拥有百科全书式的无所不知和囊括宇宙的无所不晓——这是自我标榜的假象君权，比起发号施令的"国王"的无上威权妄想，有过之而无不及。

这种（非）人的类型还有最后一位代表，即"记录世界者"，也就是"地理学家"。他看上去俨然书斋学者，或是纸上谈兵的理论家和德高望重的黑袍法官。因为对他来说，思考世界与经验世界、逻辑层面（圣埃克苏佩里喜欢用这个词）与存在层面、科学的重要性与知识的正确性均已陷入古怪的分裂状态。在他看来，外界的真实生活是空洞无谓的浪费时间、无所事事的游荡，将生命变成知晓之事远比鲜活的生命经历本身更有价值。他不屑于屈尊体验后者,因为他的能力集中在评判他人的经历。亲自去观看,亲自去考察,亲自去经历,这种事务缠身的繁忙生活方式不适宜于像他这样的"科学家";他宁愿以学者身份敬而远之,或"要求自己"仅仅从事评判的艺术。人的品德——他知晓;什么记录正确,什么记录不正确——他判定;什么值得知晓,什么不值得知晓——他确定这一切。由于他将经历简化为单单知晓关于他人经历的报道,不知不觉中,这一评判心理定式导致他对现实难以餍足的渴望,现实这时却已无法进入他在方法上所形成的封闭领地。他甚至把自己寄生性的替代生命标榜成关于不朽事物的知识,面对瞬息即逝的事物,他采取近乎形而上学的冷淡疏远态度,这却导致他难以认识到,活生生的事物才是真实的。他从来不会想到去闯荡冒险,也无法设想:只有敢于把自己的生命作为种子播撒出去的人,才能收获从这种子里长出来的真理。

有必要更清楚地说明这一区别!

当麦哲伦[34]寻找着横穿南美洲的通道时,无奈地发现拉普拉塔河的宽阔河口只是河流交汇处,但他敢于不顾严寒穿越火地岛,扬帆于未知的海洋;当船上的食物储备日渐短缺时，他继续忍耐坚持，等待着重要时刻的到来：要么必须返航驶回南美洲，要么孤注一掷地继续掌舵驶向他所猜测的印度方向；他继续航行在世界上最广阔无垠的海洋荒漠之中，深以风平浪静为苦，满怀希望却不见希望的曙光。这才是发现者，这才是研究者。与此相反，"教授"将道听途说的知识记录在案并制图，局限于二手得来的存在范围。

尤其在"神学"领域，索伦·克尔凯郭尔愤慨地揭露：将上帝之言变成关于上帝的学说，将对上帝的体验变成关于上帝的学问，如此种种无异于欺骗，他还质问道：牧师怎么能够一边散布着"救赎福音"，讲述着耶稣的一贫如洗、被世人唾弃、牺牲生命等遭际，一边却过着富裕舒适、有身份有地位的生活呢？[35] 与此类似，弗里德里希·尼采挖苦道，历史学家比亚历山大一世更伟大；因为后者只是征战高加米拉，造就了历史而已，历史学教授则在其丰功伟绩上增添了关于其行为之意义的知识。[36] 由此可以继续推想的是：诗人、画家、音乐家中的最杰出者往往活在生存底线的边缘，濒临疯狂的深渊，神经几近崩溃，同时代人的不理解使他们深感痛苦，可就在他们尸骨未寒之际，即已冒出某位博士、讲师，他指出，波德莱尔、柴可夫斯基和凡·高"确实"多么伟大，以此为自己的学术前程奠定基础，因此过得舒舒服服、名利双收。精神领域的这种"非精神"满足于此——无所"作为"却为"信仰"布道，不经历世界却宣扬世界观，将整个生命大厦、全部存在都建立在"沙土"之上。* 这样一来，在发现者和环游世界的航海者的一手报道之上矗立起无根的"思想集市"[37]，只为陈词滥调的销售讨价还价，思想贩卖者希望卖出的价格仅仅取决于精美编织的"地毯"的产地。

"地理学家"说到底也是"商人"、"有癖好者"、"爱慕虚荣者"、时髦现象的"点灯者"、妄想的"国王"。人们越是努力对他描述真正的生活——生活充满诗意、虔敬和爱，他就越发认为，生活无关紧要、微不足道，不值得屈尊关注。的确，人们不禁赞美上帝，他对"聪明通达者"隐藏真理，以便将之宣讲给"婴孩"。**

---

* 《新约·马太福音》第 7 章第 26 节："凡听见我这话不去行的，好比一个无知的人，把房子盖在沙土上。"——译者注

** 《新约·马太福音》第 11 章第 25 节："那时，耶稣说，父啊，天地的主，我感谢你！因为你将这些事向聪明通达人就藏起来，向婴孩就显出来。"——译者注

"小王子"的"星球之旅",他关于非人性的"旅行"就此告终,留下的印象虽不乏有趣之处,却终究令人神伤。尽管这些"大人"无疑全都很古怪、另类和孤僻,却仍值得用"孩子"的眼睛来揭示其颇带负面色彩的存在诗意,不加掩饰地暴露其存在方式的贫乏可怜。"大人"的状态既是如此,倒不如做个"孩子",并一直保持下去。

可是,谁能使"大人们"摆脱其"大人状态",如何才能拯救他们呢?这是真正关键的问题。按照《小王子》书中所述,这些"大人"其实已无可救药,之所以朽木不可雕,正在于导致其生存困境的原因。他们的孤独、孤立、自我中心、奇思异想——着了魔般地追逐生命的幸福,追逐方式却只为酿成不幸;他们一刻不停地喃喃自语,想法偏执;他们完全不能倾听他人的话,更无法从他人那儿学到什么,这一切显然无法使这些"大人"变得富于人性。可能施加的影响是如此有限,这一局限性却也恰恰标出《小王子》的影响范围。因为仅仅对恶性循环和心理强迫症——如此种种已烙在"大人们"的面貌上——做一番耸人听闻的描述是不够的,即便这描述入木三分、夸张怪诞;关键在于理解其缘由:"大人们"为何出于心理强迫症,将其存在变得如此恐怖怪诞。

例如,关于"国王型人物"在其孤独星球上的生活,我们应当深入剖析他的恐惧感,即他所害怕的毫无权力、虚无轻飘和完全的无足轻重。只有当爱足够强大,能让他重新坚信自己存在的真正价值,他才能摆脱妄自尊大的国王宝座。

——从"爱慕虚荣者"的虚张声势,我们应当看出:他对自身价值的怀疑不乏残酷,并因此备受折磨,他无法认可自己,他最害怕的是遭人唾弃、被人鄙视,只有当他自己的眼睛成为一面镜子,他能从中重新发现自己的美丽光彩时,他对喝彩的渴求、对他人认可的寻觅才会终止。

——从"酗酒者"缺乏自制力地一心只想忘记和抹杀自己,我们应当明白:这是出于绝望的向往,他向往有所作为,行为会容许他不再那么苛求自己。只有相信他的人格价值——这一人格足够伟大,能够赋予他一定的稳定感和忠实度——才能切断他无可规避的消沉所形成的自杀式链条。

——从"赚钱上瘾者"身上,我们应当看出:由于外在生存状况可能不断遭到质疑,他对空虚、穷苦、穷途末路、无所依恃患有慢性恐惧症。只有当某种希望能让他摆脱对死亡的恐惧时，他的内心才能感到丰富和充实，促使他的生命趋于成熟，不再需要对物质财富的无尽渴求。

——从"点灯者"身上，我们应该察觉到：他害怕的是，只要有一丁点违背外界所下的命令，他就会从根本上做错事和无权做事。只有当他克服对自由的恐惧、对混乱的惧怕、对自己的逃避，代之以对自己生命和自己所负责任的更深的肯定与决心，他才能在介乎职守与喜好的自主选择的平衡状态中找到安宁，即便他的生命必须继续恪尽职守。

——从对"地理学家"的描述中，我们应当认识到：他害怕现实，害怕深沉的情感、澎湃的热情和广阔的向往，他的病态恐惧感首先针对的是无法精确确定之事、悬而未决之事、转瞬即逝之事。只有能对他说明，不变之事、永恒之事映现于日常生活中那些看似无足轻重、稍纵即逝的易朽和寻常事物里，才能教会他——即便是他——懂得生命的艺术，而非关于生命的讯息。[38]

在所有这些自我殉道者身上，我们应当重新发现一点点他们已失去的纯真、一丝丝他们对秘密王国的信赖、一点点"小王子"自身的影子，使之闪亮起来。"小王子"自己则须在这层扭曲和变形的表象之下找到容身之地，他虽置身于这些乍一看稀奇古怪者之中，却能重新找到自己。唯如此，才能在他们与"小王子"之间建立治愈性的联盟；唯如此，才不仅止于对"成年人"的恶行劣迹与扭曲状态扼腕叹息，而是进入真正的思想交锋之中，进入对"大人们"颇有裨益的陶冶熏陶进程之中。

然而，圣埃克苏佩里恰恰对此未置一词。他虽然强烈要求并热烈赞颂为了共同的伟大任务而积极行动、全心投入、自我牺牲，却显然没把"大人们"视为任务，而是仅仅看作无可救药的可怜鬼。他们自己不是已深受其害了吗？他的"小王子"只觉得所有这些"不幸"之人很"奇怪"，随即转身离去——这说到底是蔑视而非帮助，是无可奈何而非争取努力，是败下阵来而非帮助救赎——这一切并非偶然。既然"小王子"其实并不代表死而复活、生命所重获的存在这一宗教形象，一定程度上仅仅浓缩了对过早遭到摧毁之事充满哀愁的缅怀，那么，"成年人"类型显得僵硬和不可改变，也就在所难免了。至于如何能在不同立场之间形成沟通、融合，《小王子》

对此没有给出任何暗示。

　　如此说来,目睹"成年人"的世界,我们难道无所作为、无所希冀,不再能有任何期待?所幸并非如此。书中还有沙漠中的教诲,对圣埃克苏佩里来说,这些生命教诲说到底就像是绝处逢生的希望。

沙漠智慧与寻爱跋涉

†

"小王子"在星球之旅中步入的地球人满为患,全是"成年人",与此同时,或正因如此,它是一片沙漠,是孤独之地。[39] 这里的山脉盐块结痂[40],人声回荡,沦为孤独的单调声响[41]——这并非生命之地,而是死亡之谷。"沙漠"——这在圣埃克苏佩里的语言中首先意味着"人性沙漠"——并非空间中的一个点,而是一种状态,代表着无意义、灵魂干涸、虚无与虚妄不实等现象的总和。只要读读圣埃克苏佩里的著名信函《致将军的信》,就能明白,被外在表象压抑窒息、灵魂的逐渐流失、心灵感触的"沙化"是他的全部创作、一切忧伤与痛苦所蕴含的核心问题。我们可以摘引他在信中写下的几段话:

> 我今天深感悲哀 —— 在我内心深处这样觉得。我为我们这代人感到悲哀,因为人的本质已流失殆尽。这代

人所了解的精神生活形式局限于酒吧、数学和跑车,如今陷入了纯粹的群氓行动——这一行动不再有任何色彩。它只是不再惹眼而已。[42]

我恨透了我的时代。我们这个时代的人正干渴而亡。将军先生啊,世上只存在着一个问题,即如何能让精神不安的人们重获精神价值;让类似于格里高利圣咏演唱的恩典甘露般滴落在他们头顶吧!我若拥有信仰,那么可以断定的是,一旦做这"必要和费力不讨好的营生"的时代过去,我将只可能忍受得了索莱姆隐修院(Solesmes)。您看,人不能再靠冰箱、政治、收支平衡和十字填字游戏过活。不能再这样下去了。不能再这样缺乏诗意、缺乏色彩、缺乏爱地活着了……二十亿人完全听命于机器人,只弄得懂机器人,有朝一日他们自己也会变成机器人。[43]

将今日之人与万事万物联系起来的爱之纽带已经变得如此松弛,如此轻微,人们不再像之前那样深刻地感觉到这一纽带的缺失……冰箱是可替换的,房子也是如此，既然它不过是物件的堆积而已。女人也是如此，宗教也是如此，党派也是如此。人们连不忠诚都谈不上了。应该对什么变得不忠呢？远离什么？对谁不忠？这是人性的沙漠化。[44]

人们控制今日之人的方式是用扑克牌或桥牌——依其社会阶层而定。我们彻底被阉割了，彻底得令人吃惊。这样一来，我们终于自由了。我们被砍掉了胳膊和腿，然后被允许可以自由地四处跑。我憎恨这个时代，人们处于铺天盖地的极权主义压力之下，成了温顺、礼貌和安静的牲畜。这被标榜为"道德的进步"。我之所以憎恨自我中心主义，是因为它在本质上追求极权主义。在我们的时代，人成了机器人、白蚁，摇摆于奖金制的流水线作业与桥牌游戏之间，我们……会变成什么样子？人的创造力已被剥夺殆尽，就连在家乡的村子里跳个舞、唱首歌都不会了。人们被灌输的是平均文化、标准文化，就像牛群被喂草一样——今天的人就是如此。[45]

信中的另一处表明,圣埃克苏佩里十分了解这一无根状态的社会背景,这一状态是令人窒息的消费主义导致的;他察觉并悲叹传统的毁灭,还有自然科学与人性、知识与修养的两相背离,他一再指出一个可怕现象,即所有价值均被商品的大量倾销所取代,从而被摧毁,商品已因其数量过剩而贬值。

两亿欧洲人活得毫无意义,希望重获新生。工业使他们远离乡村家族,将他们赶入巨大的居住隔离区,这些居住区看上去就像是火车站轨道上等待调配的排成长串、冒着煤烟的列车车厢。他们期待从这些工人城市中被唤醒——太多人已被焊接到职业的车轮运转之中,感觉不到作为开创者、信仰者、有知识者的丝毫快乐。当时的社会以为,只要让他们吃饱穿暖,满足别的需求,就足以成就其伟大。社会以这种方式只培养出了庸俗小市民、浇花壶*和机器般的人。社会培训他们,而不是

---

* 浇花壶,出自丹麦戏剧家路德维希·冯·霍尔堡(Ludwig von Holberg, 1684—1754)的喜剧《政治浇花壶》,其中塑造了一个铅皮浇花壶,不懂政治却喜欢大发政治评论。——译者注

教授他们文化，对文化的浅陋理解——把记住公式视为文化的最高表现——蔓延开来。机械制造学校的中等生对自然及其法则的了解胜过笛卡儿和帕斯卡当年的知识程度。可他能像这些伟人一样在精神上展翅翱翔吗？我们所有人或多或少都感觉到重获新生的向往。[46]

这些措辞激烈又无奈的喟叹，将我们带回到关于"重获新生""孩子""新开端"的宗教隐喻。在圣埃克苏佩里看来，这一渴望恰恰在沙漠之中具有最纯粹的形式。"沙漠"——这不仅是"空虚"（Tohu）和"混沌"（Bohu）[*]之地、歧途和迷惘之地、颠倒与匮乏之所，它同时还是坚持不懈地经受考验与真理呈现之地，先知和寻觅上帝者之地[47]，也是发生神秘变形记的熔炉、孤独与真实性的场所，正如阿拉伯人对撒哈拉的称呼，它是名副其实的"上帝的花园"。

圣埃克苏佩里说起沙漠时，首先依据的当然是他在北非沙漠的亲身经历。他非常了解沙漠塑造人的神秘力量，

---

* Tohu wa-bohu 是希伯来语，指空虚和混沌，此指《圣经》语："地是空虚混沌……"（《旧约·创世记》第 1 章第 2 节）——译者注

因为它能将人身上所有多余的、脂肪般堆积的一切后天沾染的东西全部打磨掉，简直就像喷砂机一样打磨得一干二净。

为了懂得沙漠的塑造力量，就必须想象运盐的商队，他们来自乍得湖内陆，常常跋涉几千公里。这些人计算的不是自己的"年"龄，而是按照参加商队的次数来算"旅"龄——若是已有二十次征程，就是相当高龄了；他们谈起长途跋涉的艰辛，首先会提到意志坚强，这是必不可少的，否则无法日复一日地对抗风沙、干渴、疲惫，走完每日路程，抵达对生命至关重要的下一个水井；他们一定还会说起白天暑气蒸腾的炎热与夜晚冰天冻地的寒冷，在无边无际的广袤中感到的无助和渺小，头顶的苍穹现出闪亮的蓝灰色，繁星密布，熠熠生辉，四周除了非洲热风的呼啸和骆驼的嘶鸣，再没别的声响。沙漠中的人知道自己全然受制于大自然的威力，仿佛这大漠风光本身意在教会他们懂得顺从神明和教义。[48] 可是恰恰在身处困境、忍饥挨饿之际，每一滴水、每次呼吸对他们来说都变得无比珍贵，因为这都需要竭尽全力才能获得。沙漠本身教导人们重新懂得珍惜事物的价值，这其实是圣埃克苏佩里面对人的精神的沙漠化所仅存的希冀:"由于一无所有,沙漠中或宗教场所里的人明确知道他们的快乐源于何处,因此更容易保持生命热忱的真正源泉。"[49]

由此看来,关键在于让人们尽量深切地感受到生命的"沙漠化",直至向往之能量在他们心中复苏,能够击破过度消费与内心蒙尘所造成的令人窒息的表层。这样一来,寻觅一口井的漫漫征途比饮水本身更为重要,因为正是匮乏赋予水真正的价值,"一口井"反过来赋予沙漠神秘和美丽。在圣埃克苏佩里看来,毋庸置疑的是,人们不仅想知道靠什么活着,而且远比这更重要的是,他们一定要知道为什么活着。这一赋予生命以意义的目标永远不是某个事物,而是将事物联系起来的意义——是肉眼看不见的,只有用"心中的眼睛"才看得见,正如圣埃克苏佩里摘引《圣经》中的一句话所说的[*]。正因为此,如同《旧约》中的预言一样,对圣埃克苏佩里来说,沙漠同样是救赎与治愈之地;只有在此,才能体验神圣;只有在此,才能遇见"小

---

[*] 《新约·以弗所书》第1章第18节:"并且照明你们心中的眼睛,使你们知道他的恩召有何等指望。他在圣徒中得的基业有何等丰盛的荣耀。"——译者注

王子"。

人们由此明白,"小王子"在步入"沙漠"之前,为何首先遇见的是死亡之蛇。沙漠是与肤浅的消费幸福相对的世界,是能带来救赎,可能发生脱胎换骨的转变的场所,正如在基督教的象征体系中,通向真理的道路等同于死亡过程或去到地底世界[50],寻觅"沙漠"的人必然懂得接受死亡和存在的有限性,懂得尘世生存的必有一死,这一结局之无可规避既让人害怕,又给人慰藉。

为了摆脱"成年人"的假象世界——这个肤浅的世界到处充斥着令人神经紧张的忙碌,发生着对所有价值的急速摧毁,我们首先应当清楚认识到:死亡是在沙地上蜿蜒爬行的蛇带来的毒汁,人无从规避它,死亡的使命既友善又残酷。"成年人"世界的一切喧嚣似乎都是为了暂时抑制对死亡的恐惧,所有努力最终只是为了无可悲悼,因为再没什么值得悼念。事物表面并没有长存之事,没有足以让人哀悼其转瞬即逝的存在;一旦把一切都转化成表面性质的,就不会再存留几许,不会值得人们为之悲伤难抑。死亡之蛇却恰恰教诲着另一个更为深刻的道理:既然世上一切均不免一死,就不再有什么堪称理所当然;越是清楚表明，万事万物的存在多么缺乏必要性，事物就越发重新赢得了令人惊讶的密度和与生俱来的独特。

恰恰是在面临死亡之际，一切存在着的和正在发生的事物最值得关注；反过来说，既然所有事物都不免一死，关于权力、财富和知识的妄自尊大、自以为是就会烟消云散。我们出于妄想常常紧紧抓住一些事物不放，仿佛它们是安全感的保障，死亡却将这一切相对化，赐予平静的智慧，甚至带来最后的安宁：当尘世的负累变得太过沉重时，死亡的大门毕竟始终还在，蛇的神秘威权始终还在——蛇随时准备着解开精神之谜，终止心灵孤独，治愈身体伤痛。[51] 谁看见蛇，谁就不可避免地看向事物的深处；在他眼里，生命随即再次形成。

在许多童话里，主人公在寻觅真正的现实途中，会在介乎外界与内心、表面与本里、此世与彼界之间的边界遇见提供帮助的动物，这些动物与他交谈，为他指出正确道路，这条道路通向与他原有的意识相对的世界。在《小王子》中承担这一角色的是狐狸，它在许多民族的童话里频频出现，比如，出现在格林童话《金鸟》中。[52]

就宗教史而言，"狐狸"的家族谱系源远流长，因为它显然是古埃及的胡狼头神阿努比斯的欧洲后裔，是悼亡中的伊西斯在寻觅之旅中的忠实伴侣，伊西斯寻找着她所深爱的兄弟和夫君奥西里斯被四分五裂、散落于尼罗河谷的尸骨[53]。阿努比斯神的奥秘在于知晓起死回生的魔法，《小王子》中的狐狸似乎正好承担了这一职责；因为这时，就在通向沙漠这一彼岸地域的边界上，它的忠告确实起到了救命的作用。

"小王子"步入地球，走近人类世界，立即发现自己面临着极端的质疑。人总是为了另一个在他眼中独一无二、美丽且珍贵的人或事而存在的，否则没法活下去；对"小王子"来说，这独一无二且珍贵的存在一直是他的B612星球上的那朵"玫瑰"。她在他眼里一直是无与伦比的，她奇迹般地出现在他的星球，来到地球之前他从未有机会将这朵玫瑰与另一朵相比较。可是现在，当他走过一个开满玫瑰的花园时，却不得不认识到：比较在所难免。这一念头令小王子惊慌失措，很可能使他的整个生命倾颓崩溃。

如果人们所一直坚信之事骤然坍塌；如果人们一直无

比崇拜和热爱之事顷刻间暴露为仅仅是物种的一例而已，这一物种还包括可任意并且无限复制的其他个体；如果人们念念不忘之事突然显得毫无价值、空洞空虚，单单由于它的出现数量之多即已贬值，那么，人们一定会深感失望，像失去了家园的孤儿似的失魂落魄，茫然不知心系于何处，这种可怕的感觉正是"小王子"看见面前盛开着的五千朵玫瑰时的感受。在这一瞬间，一切都可能毁于一旦：他的玫瑰是否独一无二，这个问题对他来说决定着整个世界的意义，决定着他的快乐、希望、爱和信赖，决定着他来自何方与去向何处。因此，关键在于，"小王子"懂得，他的玫瑰为何是独一无二的：她的独一无二并非客观品质，并非外在特征，而是源于心灵的主张，只有从心里才能感知到；是他自己的心赋予对方价值，使其充满意义。而这正是狐狸的"教诲"，它以此内涵施魔法似的将"小王子"引入爱的内心世界。

说到底，"狐狸"的教诲其实并未对"小王子"讲什么全新的内容，只是让他在面对外界威胁时，意识到自己内心的宝藏——即他的玫瑰独一无二；他在 B612 星球上承担的责任，值得在意识层面上被重新激活和铭记。"小王子"在星球上遇见玫瑰，一直认为这是偶然的邂逅、幸运的偶得：玫瑰突然生长到了他的世界里，不知不觉中，仅仅因为他日复一日地努力满足她的愿望，迎合她的任性，倾慕她的美丽，保护容易伤风感冒的她免受冷风侵害，于是，他与玫瑰之间渐渐形成了一条由信赖与亲密织成的心灵纽带。这一纽带仿佛出于无心、浑然天成，将他俩联系起来。"小王子"在不知不觉中已悟到情谊的奥秘，因为正如"狐狸"所解释的，情谊恰恰在于相互熟悉——"驯服"的过程，这一过程必然充满耐心、渐趋成熟。

对于爱——如同对于人性中一切弥足珍贵的事一样，倘若按照"成年人"的标尺，一心指望着"节省"时间，在开花结果之前就想采摘果实，这就很荒唐。任何急于求成、揠苗助长、操之过急都只会损害爱，因为恰恰是最羞怯和最敏感、最热切、最羞答答的恋爱者需要近距离相处的缓缓接近，以便他渐渐消除对"猎人"的恐惧感，逐渐习惯对方就在身边，习惯面前的对方变得日益熟悉。真心所爱之人的好感和信赖，温柔与陪伴，是无法用钱买到的。我们可以慢慢学会读懂对方眸子、双唇和双手的姿势——其中流露的一切才是无比珍贵和独一无二的。我们可以渐渐看见爱人的心灵透过表情闪闪发亮；是我们眸子的光芒让这些表情熠熠生辉。我们可以慢慢听懂爱人言语的深意，因为同样的词汇在对方语言中与在自己语言中的连接方式是不同的——词汇指向陌生回忆的领域，只要遵照词汇的提示，就可能沿着这条路走向爱人的心灵；学会了说爱人的语言，眼前就会敞开一座神秘宫殿的大门，每扇门都会引向一间满是奇珍异宝的屋子。

因此，柔情蜜意的秘密始于此：越来越想知晓、了解和认识对方；越是开始懂得对方，就越发无限向往地渴望了解、聆听到更多，渴望对对方的秘密理解得更深。开始时的羞怯让位于好奇，因恐惧而保持的距离——以便可以随时逃离——让位于日益强烈的需要，即希望情深意切地彼此相依。开始时只能从远处悄悄注视，如今却渴望沉没在对方的眸子里，仿佛沉入大海，对方的一切无时无刻不在眼前心间，并且日益热烈地萦绕着所有的夜与梦。从这时起，仿佛全世界均与对方建立起象征性的关联，仿佛对方的心灵从此遍布整个地球，将万事万物都变成其身躯的一部分，以便借此倾诉，借此显身露影，仿佛全世界都成了这份爱的圣餐。因为从此以后，只要看见天上飘过的云朵，就会让云朵捎去对爱人的问候；只要听见潺潺流淌的河水，就会在其中听到爱人的声音；夜空中的星辰闪烁恍若爱人的眼睛，银河系繁星的金光闪耀如同爱人的秀发，田野里的鲜花盛开仿佛铺在爱人脚下的地毯。

萨满教徒的魔法童话以这种爱之诗意描绘地球：树木、石头、动物都在对他们述说着远方的爱人，她远在天涯海角，高居冰山之上，是掌管天空的女神，而天空是世界的隐秘中心。[54] 对他们来说，所有长途跋涉仅是过程，一切休憩之地只是迈向她的路途中的驿站，整个世界充满了这份爱所施的魔法，这魔法令人心醉神驰。这种彼此寻觅、"驯服"对方的过程和渐趋成熟的亲密维持得越长久，关于共同经历的回忆和感情就会将万事万物与对方的身心越发密切地绑在一起，仿佛世界是眼睛看不见的力量场，该场域的丝丝缕缕全都引向对方的心灵；即便先前显得无足轻重的事物，例如，"狐狸"眼里的麦田，如今也会因为爱的象征魔法而获得"色彩"与"重要性"。即便是心里一直因其危险、"野性"和"兽性"而认为必须加以排斥之事，在爱中也变得友好、"温馨"和"值得经历"：在深层心理学意义上，"狐狸"象征着无意识，他自己也渴望被驯服，谋求着这一馈赠。[55]

然而，不仅空间中的事物，对时间的经历尤其会将爱变成一只魔戒，上面缠绕着由告别、企盼与相见交织而成的韵律，恍若由颗颗珍珠串成的精致首饰。恋人重逢之前的分分秒秒常常仿佛漫长得无休无止；在幸福结合的时刻，时间仿佛停滞。每次分别时，总是少不了信誓旦旦：一定要尽快再相聚。平常只会被视为单调乏味的情形——不间断的重复、老一套的周而复始，对恋人来说却成了欢欣与义务。恋爱者内心的向往总是一再促使他们接近彼此，将时间分割成节日的循环周期，这一周期包括准备阶段（由静想与沉思组成）和实现阶段——等待在此获得酬劳。一切情谊均受制于这一庆典的法则——将共度的光阴神圣化，以便内心能够充分感受到对方近在身边。

所有纯粹外在的交往、派对式的情谊，所有爱已消失的婚姻，一切只关注对方的社会地位，而不是人本身的社交——以上这些之所以难以为继，是因为随着时间的流逝，这些交往会渐渐蜕变为毫无棱角的例行公事。时间就像一具钟表，其齿轮将会以机械法则的精准磨碎所有欢欣、惊喜、梦幻以及因彼此拥有而感到的快乐，会把除了爱以外的所有人际关系毛边化为"碰头"(dates)、"会面"(meetings)和"偶遇"(happenings)的纯粹累积。唯独爱具有力量,能使日复一日的相见免于变得平淡无奇;唯独爱能使双方因熟悉而生的习惯免于钝化;唯独爱能使日常行为免于沦为例行公事,能使不断地重复免于变得缺乏内涵,能使固定约会免于在不知不觉中趋向按部就班。只有爱能让一切重焕青春,并一再推陈出新;爱能够推动含苞欲放之事,塑造尚未成形之事,解放被囚禁于恐惧与罪责重压下的事;爱赠予人一种能力,即对对方身心的无限好奇与喜悦。因此,爱是唯一能对抗无聊的有效力量,借助仪式和庆典将时间神圣化。面对沙漏不断流失的虚无、时间的空空流逝,处于"人性沙漠"之中的生命建起具有时间性和精神性的建筑物,这一想法在圣埃克苏佩里的思想中占有显著地位。《要塞》中的"要塞"统治者解释道:

> 正如大教堂的建造是在布局石块,这些石块同等大小,却是依据力量线分散开来的,力量线的架构触及精神。因此,我的石头也具有庆典性质。大教堂算是美丽的。

我每一年的礼拜仪式同样也是在对日子进行布局,起先日日雷同,却是依据力量线分散开来的,力量线的架构触及精神……面部五官也具有庆典性质……例如,我的村子有庆典,因为你看,今天是节日,或是丧钟敲响了,或者这是采摘葡萄的时节了,或者现在应该一块儿筑墙了,或者村子里正在闹饥荒……在我看来,世界上的一切首先是庆典。不要对自己承诺没有建筑物的大教堂、没有节日的年份、不匀称的五官……这样你就不知道该把建筑材料派上什么用场了。[56]

这样一来,我对幸福的认识往前进了一步,我愿意将幸福作为问题摆在那儿。因为在我看来,幸福是对庆典的抉择结下的果实,由此塑造出幸福的心灵,而非虚妄事物所带来的毫无益处的馈赠。[57]

与此完全相符,"狐狸"对"小王子"指出爱的庆典、为爱负责的行为自有其规律,爱之秩序自有其结构。"狐狸"的话本身无甚新奇之处,却让"小王子"恍然大悟,他终于明白自己先前所做的一切意味着什么:他曾每天早晨清扫 B612 星球上的各座"火山",清除"猴面包树"长出的根。这些不断重复的劳作使得炙热流淌的星球内部(本能欲望的世界)免于"爆炸",同时阻止过度"生长",过度生长必定会摧毁生命。这是在象征性地描述:自我在应对自己的情感以及提出要求时,应坚持不懈地"清扫"。这是在通向爱的路途上,针对自我约束进行的最初几个预先练习,这些练习表明,"小王子"在与"玫瑰"打交道时,通过尽心竭力的劳作,不知不觉中学到了远甚于此的道理:人或事之所以价值倍增,是由于为之付出的时间。

这一道理适用于与世间万事万物的相遇,这一体验是圣埃克苏佩里最期望获得的"沙漠"教诲:人们应当懂得,水之所以珍贵,是因为星空下走向泉水的漫漫征途。圣埃克苏佩里认为,并非消费——而是全心投入、积极作为、牺牲奉献、经受住"沙漠"本身的考验造就了人,只有迎接世界的挑战,世界才重新赢得整体性。"然后奇迹就会出现,"他借《要塞》中的"要塞"统治者之口说道,"可是,我分配到你们商队的那个人——他如果不懂你的语言,不能分享你的种种恐惧、希望和快乐……他只会体验到沙漠的空空如也,这样一来,当他穿越无穷无尽的沙地时,只会觉得乏味,只会不住地打哈欠;我的沙漠中没有什么能改变这样一位旅行者。在他眼里,沙漠中的一口井不过是直径有限的一个洞而已,还得铲去井边的所有沙尘。他将经历何等的无聊,因为无聊就其本性而言是眼睛看不见的!因为无聊只存在于手里的一捧种子颗粒中,风随即将之吹散,尽管对于卷入其中的人,这已足以改变一切,就像盐能改变一桌宴席一样。我只需要把我的沙漠的游戏规则告诉你,沙漠就会对你产生魔力,让你痴迷,即便我在城市郊区或绿洲的沼泽地里捡到你时,你曾是那么卑鄙、自恋、堕落和狐疑;我只需要命令你穿越一次沙漠,你内心的人就会显身露影……我如果只是让你分享到沙漠的语言——因为本质之事并不源于事物,而是来自事物的意义——这一语言就会像太阳一样让你萌芽并成长。"[58]

在"小王子"的身边正是如此:"水益于心"。[59]对此,圣埃克苏佩里自己在《风沙星辰》中有自传性的描述[60]:人在几近渴死,处于生存的极度边缘时,就连身体是否能继续存活这一问题也已丧失意义,唯一重要的是,想清楚该怎样活和如何死。

爱与死在此形成奇特的统一体,这极富圣埃克苏佩里特色:两者都要求人的全身心投入,都要求做出关乎存在的总决定,都展现了毫不遮掩的现实中的人。正如世间万物在爱中变成圣餐,象征着爱人近在身边;面对死亡,万事万物均成为关于存在之密度和深沉化的象征。《圣经》里已有"可安歇的水"[61],它所象征的生命摆脱了因纯粹生存保障而生的忧虑,学会了挖掘更深处的生命"源泉";在宗教语境和童话故事中,"生命之水"[62]同样是屡屡出现的象征,它表明:人如何摆脱生命观念的外在性,逐渐找到内心的新开端。重生与洗净、象征性与原初性、深度与繁衍力是水与泉意象的共同之处。"泉"这一意象最终意味着彻底祛除所有躯壳,从容赴死,返回星辰——"小王子"深知此理。

爱与死或望向星辰的窗

†

与"狐狸"的谈话最终还是为"小王子"带来了崭新的认识:"我对我的玫瑰有责任。"[63] 关于爱、生命与死亡,圣埃克苏佩里通过整个宗教象征语言体系想说的一切,都在这句话里完全体现:事物的意义并不在于其本身,而是在于事物之间的关联,这一"关联"的开启是通过事物之间的关系与相互的责任所达成的交流。对"小王子"来说,这却意味着不得不与世界告别,返回他的玫瑰身边——他曾满怀歉疚地离她而去,这一返回对他来说意味着死亡。时间已到,他在尘世的逗留期限已满。

如果我们所爱之人死去,这意味着什么?我们将永远无法真正理解这件事。情感所结成的最为真挚的纽带可能因此无可挽回地被骤然剪断——就在我们眼前,所爱之人体衰力竭,而我们多想将他捧在手心上度过余生;正说着话时,他的言语僵死在唇边;最风情万种的美丽和最热情洋溢的表达都倏然消失，取而代之的是僵硬和冰冷。死亡虽然从医学角度是可解释的，却仍令人不解。尽管如此，还是可以表述几个条件：在这些条件下，死亡作为生命的一部分，似乎可被接受，这些条件显然正是生命本身对人而言获得意义的前提。[64] 是的，仔细看来，死亡就像是屋宇大功告成时的最后一块砖石，如同爱在生命中绽放所遵循的一切法则的概括。

如果按照佛教教义，人们会倾向于弃绝爱，以杜绝对生命易朽的悲悼。心中无所爱，就不会在面对他人之死时遭遇痛苦。[65] 这样的教义听起来很智慧，却剥夺了生命的意义、架构、支撑。因尘世离别而感到的忧伤应当也是爱的一部分，而只有爱能为死亡之谜给出答复。

首先，通过经历时间的奇异庆典——一切都遵循于此，庆典要求特别的顺从——爱已给出了对死亡的答复。恰好一年过去之际，"小王子"准备赴死。时间的循环是不留情面的，它要求，一旦时机成熟，某某事件即刻发生，正如日落的时刻是固定的，死亡的时辰也是如此。因此，关键不在于逃离死亡，而是知晓什么时候死亡已在等候，即便满怀恐惧，却依然顺从地走向死亡。唯如此，面对死亡时才不会感到动物般的惊恐万状。蛇的毒汁虽置人于死地，蛇在某种意义上却也是自然界中关于重生与新开端的象征——这个圆闭合于开始与结束之间；只有念及时间的周而复始，每个个体的生命易朽才能融入整体的意义与进程之中。[66] 自然的循环里没有死亡——死亡只是在变换着承载者与作用者而已，这两者位于时间之圆的各个节点上。

在这种时间仪式之中，人的生命意义如是确立：就像古代中美洲的玛雅人，他们将每一天视作一位神，清晨时，这位神将重负扛上肩头，整整一天背负着它，傍晚时将之放下，接着，另一位神在翌日清晨再次将之扛起。[67] 通过这种方式，个体的死亡成为车轮中的辐辏，成为众多点中的一个，这些点促使整体进程保持运行并促成进程的发生。

在时间庆典中，死亡获得第一层意义。"因为活着的时候人生有意义，"圣埃克苏佩里在《风沙星辰》中写道，"死去时生命才不显得虚无。如果死亡位于事物的秩序之中，就变得轻松了。当普罗旺斯的农民走到生命尽头时，他将自己拥有的羊群和橄榄树，一起交到自己的儿子手中，再由儿子世代传递着。谁属于农民的世世代代，就永远不会真正死亡。每一个个体的存在，在消亡的那一刻好像一个破裂的豆荚，将种子撒播到田野中。""农庄不知死亡。死亡是母亲，死亡万岁。"[68]

由此看来，既然死亡在人内心被充分感受到，被体验为服务于个体所归属的更大的整体，它就不再是无意义的粗暴行径，不再让人感到惊恐万状。因此，"小王子"其实也没有死——他只是返家而已，回到"玫瑰"身边，顺从地接受死亡，因为返家时刻已到。

尽管如此，因失去而感到的悲伤仍然挥之不去——在所有心有所爱的人眼里，死亡都像是快乐的毁灭者，是偷走唇边欢笑的窃贼；是手持火焰之剑，守卫在天堂尽头、地狱门口的天使。如果人们一直陪着所爱之人走至"墙"边，以便保护他或可免遭"蛇"毒之害，即便死者本人愿意顺从地接受这必然的结局，死亡对所有这些陪伴者仍然意味着极度的失望，意味着对其情感的刻薄辱没[69]，意味着粗

此句原文为法文。此引文采用了梅思繁的译文，在此鸣谢。圣埃克苏佩里：《风沙星辰》，长沙：湖南文艺出版社，2012年。第169页及下页。——译者注

暴而荒谬的暴力行径。恰恰是爱在奋起反抗死亡,不愿接受死亡,试图紧紧抱住爱人,把他藏起来以免被死神看见,就像是要用自己的灵魂、自己的身体在爱人身上盖上魔法衣,以便爱人逃脱"蛇"的目光。按照尘世命运来看,这一努力必定总是归于徒劳。

然而,恰恰是爱同时懂得与死亡达成和解。只有爱随时都知道,身体不过是更大的生命的外在躯壳、皮囊和容器而已。爱将每时每刻的身体动作都视为心灵的表达——努力在万物万"事"中捕捉到心灵意义的内在面——将周围的所有事物都转化成精神的象征,爱同样能够将死亡最终看作彻底精神化的象征,而不是对它发难。在圣埃克苏佩里看来,死亡使得爱能够脱离初次出现的地点,作为世界的背景不断在万事万物中被感知,因为人们聆听到爱,仿佛听到神秘的天籁之音和闻所未闻的乐曲,这乐曲将在向往的语言中继续鸣响。我们凭肉眼无法辨认出"小王子"的那颗星辰,它只是苍穹中的一粒尘埃而已,然而正因如此,它的光亮将发散到在忧伤的夜里闪闪发亮的一切答案之上。他是爱的对立面,我们再也看不到他、听不到他,但他的笑声将在每根细腻、紧绷的心弦上继续回荡。自从让人忆起"小王子"的金发,麦田的颜色就变了;自从在沙漠中与"小王子"一道跋涉去寻找一口井,水的滋味就变了;自从与黑夜分享了关于邈远幸福的回忆,窗边的孤独之夜就更加明亮了。

对于圣埃克苏佩里传达的关于人的生命中爱与死亡之秘密这一"讯息",我们只能领会和感受到这个程度了。然而,恰恰是圣埃克苏佩里《小王子》的结尾之笔将他的生命情感、世界观以及关于爱与死亡的诗意推到极致,这一极致最为激进,却也值得商榷。

无疑,以最心爱的人过得是否幸福为标准,整个世界看上去也截然不同。当世界传来关于爱人快乐的消息时,我们仿佛置身天堂;当世界讲述着爱人的痛苦时,它就如同地狱,即便我们并不能对它施加任何影响。无疑,爱的全部幸福在于,知道最心爱的人过得幸福。恋人们走过千山万水,找到这口幸福之"井",相伴的寻觅之旅、共同走过的路最终会远比享受的瞬间让恋人更深地联结;或者说,恰恰因为相伴跋涉于"沙漠"的艰辛,愿望实现的瞬间才会价值倍增。可是,圣埃克苏佩里为何如此抗拒承认,爱不仅要求忠诚,而且渴望结合,不仅盼望长途跋涉,而且渴望驻足停留，不仅意味着对遥不可及之事的向往，而且渴望永远的如愿以偿？既然他如此赞颂爱所具有的至高无上的价值——就此而言，20世纪的作家中无出其右者，那他为何一定要否认在爱中生命的无限性呢？

通常情况下，以宗教真理的标尺来衡量文学作品，会有失公允。然而，圣埃克苏佩里确实将其全部作品视为预言性质的，他认为，他的作品所传达的讯息不啻备受威胁的人性的最后一座堡垒，由此必然出现的问题是，他的信念多大程度上站得住脚。另外，恰恰是《小王子》这部童话采用了众多颇具宗教意蕴的隐喻，因此十分有必要考察一下，在这部童话中，语言的宗教意义和内涵如何被展现或消解。说到底，"小王子"的故事归结为一个问题，而这个问题恰恰也是宗教试图回答的核心问题：关于死亡的意义以及面对死亡时爱的可能性。由于故事这一处关乎一切成败，圣埃克苏佩里的本意无疑是要根据自身存在的条件与经历来考量他的讯息所提出的诉求。

《小王子》之所以深受广大读者的喜爱，一个重要原因就是，这部作品结尾处的语言意象似乎再现了人们所熟悉的信仰，即相信人之不朽。然而，这一认识却是假象。

圣埃克苏佩里的星空只在隐喻上与信仰者的天空有关；"小王子"的离去并非预示着不朽，而是仅仅昭示着一种可能性，即不要忘记关于本真人性的梦想，无论在人性沙漠中遭遇多少失败、多少有限性，也不要背叛爱的价值。"因为爱情如死之坚强。嫉恨如阴间之残忍。所发的电光是火焰的电光，是耶和华的烈焰。"[*]圣埃克苏佩里的真理也触及《旧约》里的这句话。可是，应当如何对待因爱人之死感到的悲伤呢？

这个问题必须再次向圣埃克苏佩里提出。因为将爱人的人格（Person）转化成关于人格之爱价值的纯粹象征，这还不够；面对世上最爱之人的死亡，仅仅借助世界的忧郁诗意聊以自慰，这也不够。没错：如果窗户敞开，从无梦状态中醒来，这已获益良多；如果还有人因向往和回忆成为他人的笑柄，这已大有进步；如果重又能聆听到夜空繁星"无声音可听的声响"[**]，这已颇见成效。但是，既然"小王子"只是梦幻形象，他出于对一朵花的忠诚，返回

---

[*] 《旧约·雅歌》第8章第6节。——译者注
[**] 《旧约·诗篇》第19章第3节："无言无语，也无声音可听。"——译者注

遥远的星球，我们——不同于浪漫派*——则在地球上徒劳地寻觅这朵花，那么，生命还能作何回答？"小王子"确实教导我们以某种方式重新发现事物的珍贵价值，将死亡的凛然不可侵犯、生命易朽的韵律作为生命的一部分坦然接受。然而，向往并非希望，等待并非期待，梦幻并非已体验过的现实，道路并非目标，一切的关键毕竟在于，相信爱的渴望、爱的确凿，相信主观体验的这种极致激情是客观真相。

绵绵无尽期地去爱，哪怕只是爱生命中的唯一一个人也好，倘若这是可能的，并且是人生的唯一价值，那么，爱的最大希望和最真诉求莫过于：人的生命本身能够不朽。那么爱的诉求即是：既然发现爱人的身心与价值无与伦比、独一无二，世间所有幸福燃点似的聚集在他身上，他就应当永远活着，他的死只可能是暂时的离别[70]。爱一旦足够强大，就拥有威权来提出形而上学的证明，爱的语言听起来总是如同《安娜贝尔·李》这首令人难忘的诗，这是埃德加·爱伦·坡为他心爱的侄女和未婚妻维吉尼亚之死

---

* 指诺瓦利斯提出的"蓝花"意象，德国浪漫派的这一重要象征代表着全然的理想与幸福。——译者注

吟唱的。在她去世前的几周里，他日夜守在她的病床旁；当她过世后，他的身心彻底崩溃。[71] 这里摘引此诗的末尾两段，因为世界文学中没有哪首诗如此深切地表达了爱在面对死亡时的忧伤与憧憬：

> 但我俩的柔情蜜意，
>
> 更年长人的爱不可比拟——
>
> 更聪明人的情无法相提——
>
> 无论是天堂里的天使
>
> 还是海底的鬼蜮，
>
> 都不能使我们的灵魂分离，
>
> 我和我的安娜贝尔·李——
>
> 因为在月华光照的梦里
>
> 总有我美丽的安娜贝尔·李；
>
> 在星斗闪烁的夜里
>
> 总有她那明亮的眼睛；
>
> 所以每当夜深人静，我都和她躺在一起，
>
> 而她，我的爱，我的生命，我的娇妻
>
> 躺在海边的石棺里——

>   在怒海边的墓地。*72

确实,爱的渴望是如此"不明智""年轻""浪漫"和绝对,爱必须相信永恒的生命,以免丧失对自己的信念;爱不再用甜言蜜语来安抚爱人,倘若月辉星光让爱忆起爱人秀发闪亮和眸子闪烁,爱就会要求相信对方在星辰世界之外继续活着并能与之重逢;既然在恋爱者眼里,爱人本身就像是能将他载至彼岸的浩瀚海洋,那么,爱人之死不过是短暂离别与先行离去,以便在无限性的彼岸提前为此岸苟活者预备地方,在彼岸等待他的到来。73

古埃及人是所有民族中最知晓永恒的,当他们说起死亡时,称之为:在永恒之彼岸"着陆"74,长着胡狼头的阿努比斯神陪伴着悲悼中的伊西斯,不仅代表爱的"忠诚",还知晓爱人的不朽。古埃及人认为,人死时,其身体沉入奥西里斯神的国度里,其灵魂却鸟儿般飞升至天,抵达太阳国度,加入星群密阵之中;古埃及人将灵魂意象本身,即人头鸟身的"巴",描绘成人面长翅的动物,并且喜欢

---

* 译文引自北美长风的博客,在此鸣谢。——译者注

在旁边写上楔形文字"焚香"——意思是"这使之成为神"[75]，像是作为解释，仿佛灵魂的飞升至天是一场祷告、一曲颂歌，就像粒粒焚香的馥郁芳香在祭祀之火中燃烧时，将内在散发到空中。

对不朽的信念尤其取决于爱的关键希冀：我们即将重逢。既然世间万物先前已被转化成关于我们挚爱之人的美丽与近在身边的象征，那么，在爱的过程中逐渐浓缩成确信的看法是：反过来，由于对方的灵魂本身在世时曾是一扇通向无限的窗户，它就能够代表万事万物，将之全部蕴含。我们全心所爱之人并不会像圣埃克苏佩里在《小王子》中所描述的那样，在死亡中退回到人的经验所不可企及的非现实场域，仿佛闪耀在万事万物中的一束光亮，这光亮自身却不再形成统一的光源。与此相反，爱的希冀与期待仍然在于：分别不久之后，我们将重逢于时间的彼岸。在此意义上，发掘于图坦卡门（意思是"卡门活像"）法老墓穴的古埃及护身符表达了妻子安切·恩·卡门（意思是"她为卡门活着"）最美的愿望："我曾深爱着你，伟大的图坦卡门，你的离去使我悲痛欲绝。不过忘了时间是时间吧，因为我们重逢于时间之后。"如果缺乏对永恒与不朽的这一绝对希冀，爱确实会死在时间之前。因此，约瑟夫·冯·艾兴多夫（Josef von Eichendorff）的看法很有道理：比死亡更为恶劣的情形是，相爱之人在尘世被恣意拆散。他写道：

> 离别可谓死亡，
> 因为谁知我们走向何方——
> 死亡仅是短暂别离，
> 为了不久的重聚。[76]

即便死亡也不能分开相爱者，比死亡更恶劣的则是爱惨遭摧毁。一切都取决于，将充满希冀与愿望的爱和友谊本身视为真理的证明：爱人的生命不朽，而且，我们即将重逢。

《小王子》的结尾却与这一观念相差甚远。这一结尾只是貌似诺瓦利斯对早殇的索菲所持的态度，即把她尊奉为世界理性的化身——这一化身是感觉得到、看得见的。其实，恰恰是"小王子"返回玫瑰身边这一结局表明了宗教象征与文学隐喻之间的原则性区别。圣埃克苏佩里在深夜仰望星空时，想到的其实并非爱所具有的不可摧毁的永恒生命；对他来说，"小王子"的离去仅仅意味着，他的形象被拔高为超验理想，人们在尘世间只能与之匆匆邂逅，虽然衷心期盼他不久重返地球，却感觉这近乎奢望。与此相反，诺瓦利斯天天去为爱人上坟，将他在尘世所经历的爱视为关于永恒的预言、天堂的开端。[77] 在同时代人的眼中，诺瓦利斯本身就是个奇异而纯净的孩子，一定程度上可谓"小王子"的化身；因此，对他来说，死者的复活是爱的绝对确凿的事实。而在圣埃克苏佩里的作品里，"小王子"仅仅代表着一场生命之梦，涉及的是：生命本该如何过，却在时间之前早已被摧毁。宗教的所有象征，尤其是关于爱的不朽与永恒生命的象征，随之转化成对失去的希冀的哀愁回忆，或是转化成人道主张，这些主张已无力从人内心再将所要求的现实付诸实现。

问题与分析

†

死亡之蛇其实却恰恰教诲着另一个更为深刻的道理：既然世上一切均不免一死，就不再有什么堪称理所当然；越是清楚表明，万事万物的存在多么缺乏必要性，事物就越发重新赢得了令人惊讶的密度和与生俱来的独特。

人们可能自然而然地以隐喻的方式，将圣埃克苏佩里书中的宗教象征语言消解为文学暗喻，这是我们时代里宗教去魅的必然结果。圣埃克苏佩里确实因已消失的意义形态的分崩离析而扼腕叹息，归根结底，他的作品旨在借助文学来重述古老的象征性语言——这是在驳斥弗里德里希·尼采在《查拉图斯特拉如是说》中的宗教式坟墓之歌。[78] 如果说，圣埃克苏佩里仍觉得难以原原本本地呈现古老的意义图像，那么，他在面对宗教源远流长的象征时的这种奇怪的矛盾心理一定另有原因，即圣埃克苏佩里的经历与个性，这两者不仅可能具有时代的性质，而且本质上必定受制于心理因素。

其实，不仅在宗教意义上，而尤其是在深层心理学意义上，《小王子》与其说是在描述或重温失去的真理，毋宁说是在无限向往它。从心理分析的角度来看，圣埃克苏佩里的象征语言本身已点明了其分裂状态的缘由：同样的原因——这是我们即将谈到的——使得《小王子》的结尾没能成为"真正"的童话所应有的结局。童话故事如果要从心理学角度提供"令人满意"的结尾，就不可能像圣埃克苏佩里的书中那样，止于"坠落的飞行者"，小说的第一人称叙事者，与"小王子"一起走到"井"边，只是因"小王子"的死而随即与之分离。按照童话的模式，无论如何也应该讲到，"生命之井"旁住着一位神秘女子，她正盼着获救[79]；必不可少的描写还有，主人公克服重重危险，终于潜到井底深处，来到被施了魔法的爱人身边；他必须打开扇扇神秘之门，必须抵挡住守卫在门口的猛兽的侵袭；这之后，他大多会踏上险象环生的归途，直至最后，作为对所有艰辛的酬劳，王子与美若天仙的魔法公主的婚礼即将举行。[80] 这一母题的主题顺序当然可以以不断翻新的方式来加以遴选、变异和微调；尽管如此，若想将《小王子》童话引向在心理学意义上令人满意的结局，必须解释：在这人世间，在现实中，如何找到爱与忠诚，并在生活中践行这两者。就"坠落的飞行者"而言，如果要发生真正的转变，他与自己的镜像——"小王子"——的相遇就必须酝酿出他与一位懂魔法又迷人的女子的相遇，而且，他能够爱这女子胜于一切。安东尼·奎恩（Anthony Quinn）在自传《与天使搏斗——一个男人的一生》中讲道，当他内心开始将他所从事的演员生涯看作弥天大谎时，就陷入了深重的生命危机，这时他遇见一个男孩，这个男孩一直等到他的心里重又萌发出爱的能力，才离他而去。[81]

与此大相径庭的是《小王子》中极富圣埃克苏佩里特色的描述。这里恐怕也牵涉一场深重的危机：冲向天空的"伊卡洛斯"坠落在地，他所遇见的另一个自我也是男孩形象；然而却没有描写"飞行者"——真正的自我——如何在与"小王子"的相遇中改变计划与目标，正好相反：他一刻不停地忙着修理飞机，就在他终于修好飞机时，"小王子"死去。他虽然聆听并写下了"狐狸"对"小王子"的教诲，这些教诲在故事中产生的唯一可见的影响，是他所感到的忧伤和向往，以及一丝模糊的可能性，即"小王子"有一天真的还会重返地球。

这部作品结局如此怪异，人们不禁会问，究竟是什么使得《小王子》无法在人世间实现他关于爱与忠诚的信息。按照圣埃克苏佩里所言，恰恰是对玫瑰的忠诚把"小王子"从地球唤回了他那孤独的 B612 星球。可是，这朵"玫瑰"是谁呢，离她而去让"小王子"深感歉疚，而且，他一想到"绵羊"没戴"口套"，就时刻担心她会有性命之虞。[82]这朵"玫瑰"的秘密一定能够解释《小王子》通篇，特别是在结尾处为何弥漫着奇特的忧郁，甚至求死欲。

玫瑰的秘密

†

归根结底,《小王子》只有一个核心秘密,一切不过是对它的覆盖、推论或回应而已,这一神秘现象构成一切的核心,绽放于神秘莫测的"玫瑰"意象之中。因为有她,才有因"日落"而来的希冀与忧伤,才有关于爱的知识,以及渴望爱而未实现的怅惘,再加上圣埃克苏佩里的思考与写作中那些耐人寻味的高峰与低谷、断裂与矛盾,使得她以近乎可怕的方式拥有了魔力。玫瑰的秘密当然只能通过心理分析的视角才能揭开,结论却是分明的:这是关于母亲的秘密。

一定意义上可将"小王子"的故事读作隐晦的童年回忆,个体的再生之梦。圣埃克苏佩里在创作这则最终使他举世闻名的童话时,正处于个人生命的空虚与失落状态,置身于内心沙漠之中;当此之际,他对星辰的追求、他那高屋建瓴的生活观、他在高空飞行中形成的世界观均已彻底碰壁——"飞行员""坠落"了。处于这样的生命危机中，他的思想转回到自己的过去，以便与生命之线的打结处重新衔接，澄清真正的自我形象，这一形象当时可能已变得面目全非、无从辨认。于是，失败了的"飞行员"遇见"孩子"——这个孩子是他自己心里永远不被允许存活的，随之出现了具有象征形式的回忆与意象，它们表明，"小王子"在遇见"成年人"和自己不得不成年之前，曾经过着怎样的生活。所有这些讲述都值得关注，因为根据这些讲述，才能理解《小王子》里的诸多细节——这些细节展现的是圣埃克苏佩里的幼年时期，否则完全无法将之参透。

圣埃克苏佩里自己在书的开篇处承认，他内心曾是个孩子，这个孩子想把梦想和幻想画下来，人们却不准他描绘和勾勒内心世界，而是要他学"地理"，学习科学地展现外在世界。也就是说，他是被谋杀了的达·芬奇。单单这一命运已很悲惨。可这孩子本想画什么呢？这个问题比绘画禁令本身更为重要，因为它所涉及的心理层面远比相当普遍化的对立更深——理智与情感、意识与无意识、市民的循规蹈矩与艺术家的自由之间的对立。

奇怪的是，《小王子》的绝大多数读者都觉得"被蛇吞下的大象"这幅画只是好玩和有趣而已,这一印象肯定完全符合作者的意图;不过,如果象征性地解读这幅画,它对圣埃克苏佩里童年的暴露程度其实胜过所有传记,因为传记首先关注的是大作家、文化批评者和飞行员圣埃克苏佩里,仿佛孩提时的圣埃克苏佩里根本从未存在过。圣埃克苏佩里的作品确实容易让人在其中只读到伟大和完美,让人太快就忘了作为背景形象的"小王子",而他代表着被压抑的可能性和被窒息的生命。至少在阅读《小王子》这本书时,人们却不应如此草率行事。这一代表着纯粹童真的形象是作者在向往和回忆中美化了的,他的出现之所以有意义并且很必要,完全是因为他能够打破和纠正坠落的"飞行员"所代表的成年人立场,这一片面立场已不再站得住脚。若说就作品的哪一处有必要探究孩提时的圣埃克苏佩里,而不是成年的他,那么就是在这儿,在《小王子》的开篇画面里。

心理分析的记忆研究对所谓的"屏蔽记忆"(Deckerinnerung)[83]很感兴趣,它是以象征手法隐晦道出的讲述,这些讲述常常将多年的幼童经历所具有的心理含义浓缩于一个场景之中。圣埃克苏佩里的童年景象似乎正是如此：生活在热带原始丛林潮湿环境中的可怕的蟒蛇，囫囵吞食猎物。虽然仅仅依据一个象征，永远不可能得出关于某种心理状态的可靠结论，可是，既然《小王子》第一页上的这幅画是孩子的梦，我们就不由得会想到，这一巨蟒其实只可能是母亲[84]；她活生生吞进血盆大口的猎物当然就是她的孩子了——体型超大的"大象婴儿"，它从未有过机会当孩子，刚一出生就已经"又庞大又强壮"，以便通过自己的存在来满足母亲对爱与生命"内涵"的饥渴。糟糕的是，这并非"成年人"的"见解"。尽管圣埃克苏佩里一再画出这条可怕的蟒蛇，描绘出它如何吞噬大象——成年人在这幅画中却只认出一顶"帽子"，的确，圣埃克苏佩里的童年乍一看也一定曾是这样的；这是一个完完全全"被罩住"*的世界，被紧紧包裹着的孩子却觉得，隐藏其间犹如被终身监禁，或是处在永无尽头的分娩中。

在描绘这条蟒蛇时，"孩子"第一次失去了对"成年人"世界的信赖：他无法让他们理解自己，他们对一场童年悲剧报以微笑和嘲笑，因为他们不能够"用心去看"；他们

....

* 作者在此用了语言游戏，由 Hut（帽子）演变出的形容词 behütet（呵护、悉心照顾）。——译者注

意识不到，他们看见的"罩得严丝合缝"的状态其实很可怕，即便把画中蛇（母亲）的"消化过程"像X射线的内视图一样呈现在他们眼前，他们也会认为所有这些来自"原始森林"的幻想不过是孩子的胡思乱想和头脑发热而已，为了心灵的成长起见，必须让孩子与"现实"世界打交道，以便与之抗衡。

由此，孩子的种种恐惧很早就被纯粹理性的努力覆盖。强烈的成功意愿与回到童年的愿望并存并冲突，它们将贯穿圣埃克苏佩里的所有中晚期作品。

孩子该怎么做？他虽深受其苦，却不能诉苦；他虽想倾吐心声，却始终被大人以更高的理智之名误解；他觉得四周仿佛全是看不见的墙壁，感到呼吸窒息，人们却一再对他说，这一切只是他的臆想而已，他最好撇开这些念头，做些"理智的事"。人们显然没能使圣埃克苏佩里完全泄气，他尚未放弃最初的感觉，即认为自己是对的；尽管如此，"大人们"对他心理的摧毁是根本性的，造成他严重的压抑和扭曲。如此看来，圣埃克苏佩里主观上似乎确实没有察觉他借助"被蛇吞下的大象"这一意象想要表达的内涵；而是用他纯粹游戏的方式将这一意象背后真正的两难困境美化了。取代真实感受的是几近艺术化的表达，极其复杂的母子关系被普遍化、抽象化为所有孩子与成年人的关系问题。在此，他有一个未做解释就径直认定的前提：孩子既然不能直抒胸臆地表达感受，就可以将之以象征手法隐晦表现出来。对圣埃克苏佩里来说，甚至在他回顾自己的童年时，自我倾诉的这一"艺术化的"、间接的道路也是如此理所当然，以至于他颇带几分自嘲地杜撰一位画家的"伟大历程"，只是为了掩盖他在童年时一定已深切体会到的巨大的挫败感：面对"成年人"，除了以"理智的"方式倾吐心声，别无他途；是的，倘若能鼓捣出一种表达形式，这种形式在艺术上行得通，在象征手法上足够隐晦，谁都能看得懂并觉得有趣，这已经不啻对"大人们"的报复了。

圣埃克苏佩里在生命之路上所规避之事显而易见：他不必再返回童年的真正主题和创伤中去，他尤其避免了与"蛇"的决定性冲突，无须像某些童话所讲的那样，与"龙"展开搏斗[85]。这些"好处"的代价却是强烈的歉疚感和自我攻击，以及随之出现的严重的心理压抑与挫败感，孤独与恐惧感，最后还有一种心理倾向，即因自己的弱小而自轻自贱，因他人自以为了不起而对之极度鄙夷。自嘲、蔑视和逃向梦想——内心冲突并未因此得到解决，反倒成了永久性的。然而，正是由痛苦、敏锐与幻想形成的压力，这些特殊前提造就了一类人，我们这个星球的文化精粹归功于他们：他们是艺术家和牧师、梦想家和通灵者、诗人和彼界寻觅者，只要有他们在，对"小王子"的回忆就不会消失。他的形象是文学创作的隐秘源泉；在圣埃克苏佩里的作品中，这一形象却还象征着充满内心矛盾的恋母情结。

我们必须依次梳理"小王子"对玫瑰星球的回忆，以便进一步获取关于圣埃克苏佩里与母亲关系的大量隐晦信息，作为对蟒蛇这一象征的补充。固然不可将"小王子"形象径直等同于童年时的圣埃克苏佩里，然而毋庸置疑的是，"小王子"所讲述的关于 B612 星球的一切在心理学意义上浓缩了圣埃克苏佩里童年的基本印象，尤其是他对母亲的回忆。这段时期远远早于"小王子"真正了解成年人的奇异世界阶段，早于他踏入地球这个外在现实的世界。这段时期充满了夕阳西下的沉静忧郁，清扫干净的火山蕴含秩序井然的孤寂，"玫瑰"出现得虽然比较晚，却越发要求悉心照顾。尽管"小王子"对这朵"玫瑰"的描写不过只言片语，她却活脱脱集合了可爱迷人、矫情造作和以自我为中心的吹毛求疵。

"小王子"一提起"玫瑰"，首先讲到的就是她的弱不禁风和无所依傍，单是这寥寥数语，已是为了别说"玫瑰"的坏话。因为如果将这番"孩子气"的讲述仅仅视为对老生常谈发出的感慨，比如，"没有不长刺的玫瑰"，就太低估这席话的分量了。这里的"绵羊""玫瑰"和"刺"假若当真只是事物或关于自然的比喻，我们就根本无从理解书中的这些描写，只能将之看作"纯洁无瑕"的孩子的又一例"滑稽"臆想。可其实无疑是在描述对人至关重要的一种关系所蕴含的冲突与矛盾。只要虑及，这是孩子在讲述他最心爱的人，即便讲得极其隐晦，这番描述立即就不像乍一看那么"无关主题"了；他爱的人只可能是母亲——任何别的推测都会脱离"小王子"的真正的生活处境，即童年时期。然而，一旦关涉自己的母亲，"小王子"问题就成了超级警报，我们立即明白，这个问题为何对他如此意义重大："玫瑰"为何有刺，或言之，总体上这么值得爱和充满爱的母亲怎么可能如此"刺人""伤人"，满是"暗箭"呢？她平素总是"美"得令人赞叹不已，让孩子不禁想抚摸她、亲近她，却在孩子猝不及防之际，以出人意料的"阴险"方式"伤人"。为什么？

这个问题当然必须由孩子自己提出并回答——母亲的举止显然自相矛盾、令人困惑、模棱两可，谁都会觉得一头雾水。对于"小王子"的讲述来说，不可侵犯的前提即在于，母亲本身确实是朵"玫瑰"——是美丽、妩媚和魅力的象征，她的这一"真实"本性是毋庸置疑的。倘若尽管如此，母亲却仍可能展现截然不同的另一面，那一定另有原因，探明这些原因就是孩子的当务之急。

关于"小王子"的这一核心问题，最浅显易懂的回答无疑是"飞行者"给出的解释：玫瑰长刺只是出于恶意。[86]若是如此，恶语伤人就是母亲的错，孩子这边则有权利，一定程度上甚至有义务为自己辩护，即便是对母亲也可以有"恶气"。"小王子"却恰恰对"玫瑰为何长刺"的这一解释感到怒不可遏，他的愤懑回应简直像是先前他自己的抱怨所招致的母亲的训斥："你把一切都搞糟了，一切都搞不清！"[87]

确实，一旦"小王子"胆敢对母亲的善良和完美说出只言片语的怀疑，整个母子统一体立即会变得岌岌可危。

因此，他必须寻找对"玫瑰为何长刺"的其他解释，以便消除对母亲形象的所有不怀好意的猜疑。他若不这样做，就会立即与恶毒的"大人们"同流合污，他们迟钝得可怕，而且如此肤浅、如此虚荣，那他就不再是母亲的"可爱的小王子"了，圣埃克苏佩里自己曾描述过的宝贝儿子、王子：顺从地垂下"剑"之巨刺，身穿带红色衬里的蓝色巨袍，母亲仿佛来自另一个星球的天空女王，把他裹在巨袍里，保护着他的巨袍仿佛母亲的怀抱——这是与"蟒蛇"[88]相对的正面画面，这一画面应当显得无比"甜蜜"，坚信这一画面却以沉重的代价为前提："小王子"必须始终为母亲辩护，即便这与他所见的一切相悖，他对母亲之"刺"必须予以特赦，赦免原因必须永久有效：母亲"只是"弱不禁风、毫无心机、无所依傍和柔弱无助而已。因此，他自己将不得不照顾母亲；他自己将对她关心备至、呵护有加，为她做力所能及的一切事；女王的巨袍是他的庇护伞，他将作为勇敢的斗士为保护母亲并维护其荣誉而征战——这是极其艰辛的双重角色，孩子为了赢得母亲的爱，作为被庇护的庇护者，归根结底必须取代其丈夫的位置。

可以推测的是，"小王子"关于"玫瑰""星球"的讲述——包括所有细节，都隐晦地再现了圣埃克苏佩里的自传式回忆。阅读《小王子》时，人们一再觉得惊讶的是，"玫瑰"相对较晚才在"星球"上出现。在此之前，"小王子"显然从不间断地生活在与母亲的两人共同体中，与此相关，圣埃克苏佩里画出的这个"星球"仿佛象征性地浓缩了婴儿对安全感和爱的臆想。[89] 在这一连体时期，母亲尚未作为真正的对象存在，不过，对清洁和秩序的某些肛欲期要求——"清扫火山"——已经极其明确地需要得到满足。[90] 直到较晚时，母亲才以无助而带刺的"玫瑰"形象姗姗来迟，众多迹象表明，这一事件——它将长达数年主宰"小王子"的生命——其实是父亲之死，当他过世时，圣埃克苏佩里刚四岁[91]；在这一心理发展阶段，儿子与母亲之间的强烈依恋、心理矛盾和冲突本来就特别显著，会在"俄狄浦斯情结"消解之后基本确定日后的良知取向。由此一定比较容易理解"玫瑰"星球的整个氛围：忧郁和孤独、排他性和"小王子"对"玫瑰"的温柔仰慕，超乎寻常的责任感，即必须对她负责并"保护"她。现在的问题只是："玫瑰"必须自我保护和受到保护，是为了预防什么或免遭怎样的侵害呢？

通常情况下可以想出一大堆在B612星球上可能对"玫瑰"造成生命威胁的危险——这样的危险却一个也没出现。可以设想出"猴面包树"带来的一大堆危险,即"小王子"可能变得太骄傲、太多嘴和太狂妄,这些危险却早已通过他每日的琐碎劳作被连根铲除了;B612星球上可能有"老虎"出没,即"小王子"可能变得粗暴和具有攻击性,这一危险却也并不真正堪忧。[92] 唯一真正的危险在"小王子"带着"绵羊"返回"玫瑰"星球时才会出现。

"绵羊"这一象征也是非常分裂的,只有将之与圣埃克苏佩里和母亲的关系相关联,才能真正理解它,否则这一象征就会显得荒诞不经。因为"小王子"当然知道,"绵羊"很**蠢**,会"吃掉""玫瑰";那他为什么还一定要带着"绵羊"返回星球呢?"飞行员"为什么必须为他画出这样一只"绵羊",他干吗不自己随心所欲地画出他想画的,而且,图画上的羊怎么可能"吃掉""玫瑰"呢?这些问题兴许会被视为典型的"成年人"问题而不予理睬,回答即是:在孩子眼里,图画上的羊是真正的羊。这回答并未提供任何解释,只是否认了整个场景的怪异之处而已。真相显而易见:"小王子"自己必须扮演"小绵羊"的角色,披上

"羊皮",以便陪伴着母亲生活。每每冲突爆发之际,他都将不得不说这是自己——而非母亲——的过错,为了让自己像羊羔一样"无辜",他必须变成"绵羊":每当他无法理解母亲的"刺"和各种作态时,他就必须把这看作自己太过"愚蠢"所致;每当母亲让他伤心时,他就必须把这视为自己多嘴和无礼的结果——"绵羊"一定得拴上"口套",以免它吃掉"玫瑰",就像"蟒蛇"生吞"大象"一样。[93]思考的这一"脑筋急转弯"让孩子颇费心机,导致他根本无法再简简单单地做个"孩子";这些思虑让他担起责任,如此的责任,就连绝大多数成年人也一定会被压垮的。圣埃克苏佩里却显然好歹完成了孩提时代的这一高难度任务:他异乎寻常地塑造出成年人的思考,以便继续做母亲的孩子;他已请求"飞行员"为"小王子"画一只"绵羊",它应该没长"角"[94],立即会给母亲带来双重欢喜,看上去不能太"老"或太"少年老成"、太忧郁、太悲伤或病恹恹的,而且,它的奇异存在完全是因为它一直安然无恙地待在"箱子"里、母亲呵护的怀抱中。才过了一个场景,蟒蛇吞象的噩梦即已成了确切的愿望,简直可谓内心需求;他所唯一担忧的仍然只是一个问题:怎么给"绵羊"拴上"口套"——稍一疏忽大意,就可能危及"玫瑰"的生命。[95] 没有比这更让"小王子"感到不安和害怕的了,这是他的全部关注所在,比他自己最后的死更糟糕的是随时可能出现的可怕危险:因说错一句话而断送了弱不禁风的"玫瑰"、可怜的母亲的生命,她一旦香消玉殒,整个世界都会随之死去,所有星辰都将暗淡无光。[96] 谢天谢地,圣埃克苏佩里的书中有个人物在对抗这一危险,他把"小王子"抱入怀里,轻轻摇着,并安慰他:"玫瑰"并没有性命之虞,对玫瑰的强烈依恋却意味着,必须时刻提防"绵羊",给它拴上"口套":只要随口说出一句"蠢"话——就可能要了母亲的命。

如此"俄狄浦斯式"地重构"小王子"的世界并非误入歧途,这在随后关于"玫瑰"的进一步的细节描写中得到了证实。她出现在"旭日初升"之时,恍若从莲花中升起的古埃及女神内法特穆[97],而且是在花枝招展、不紧不慢的梳妆打扮之后。"小王子"显然初次发现母亲作为女人的美丽,他虽然觉得"玫瑰"有点过分虚荣、刁钻古怪,感官上却仍被她深深吸引,痴迷而又惊讶地仰慕着她。这一印象也充分说明,"玫瑰"的绽放与圣埃克苏佩里在儿童性发展初期的经历密切相关。

尽管如此，在圣埃克苏佩里的生命中，母子关系的真正两难困境恐怕主要不在于性方面。在他的作品中虽然不乏此类描写，即女人被描述成表情淫荡、睥睨一切的蛇蝎女人（femme fatale），既魅力四射又让人害怕，而他塑造作为母亲的女人这一刻板形象，只能勉强与这类形象抗衡[98]；而且，要在圣埃克苏佩里的作品里寻找男女之间的真正对话，连其端倪都找不到。根据对《小王子》的印象却绝对可以看出，关键其实并不在于"俄狄浦斯"主题，远比这更为重要的倒是：母亲以其最奇异和最不可思议的期许给孩子的所有生命冲动都染上了一层抑郁色彩，与此相关，"小王子"永远沉浸于歉疚感和自责之中。

清晨刚一苏醒，"玫瑰"就喜欢用早膳，"小王子"就应拿起浇水壶，以清水服侍。"玫瑰"发号施令的口气极其威严、高贵和优雅——对她的任何不服从都相当于违抗圣旨。"玫瑰"如此高标独步，这很让人诧异，因为圣埃克苏佩里书中的"小王子"对"大人们"空洞的虚荣和荒唐的自大总是极尽鄙夷之能事。唯独在这儿，面对"玫瑰"时，"小王子"本该脱口而出的批评之词却已被扼杀在摇篮中了。这让人不禁觉得,"小王子"对他身边的"成年人"的极度轻蔑态度很大一部分其实是针对"玫瑰"的,在她面前却遭到"套口套"的命运——这是移了位的批评,以便母亲形象不受侵犯、完好无损,却会导致母子之间的心理矛盾和歉疚感绵延不绝。

"玫瑰"尤其对"穿堂风"、也就是说空气的变化极为敏感,这简直有些违背常理,"小王子"必须为她盖上玻璃罩、挡上屏风,以免"玫瑰"患感冒,这听起来近乎荒诞,而且极具悲剧性。为了防止母亲伤风感冒或流鼻涕,孩子必须努力在母亲周围建起全天候的呵护与庇护空间,尽管他其实根本不明白,为什么非得这样不可。"玫瑰"当然对"小王子"给出了解释:她的弱不禁风是因为"特殊的出身",这个解释却只有一个目的:冤枉他,总让他觉得自己犯了错。他即便对此也不能够、不可以做任何反驳;他全然听命于"玫瑰"的喜怒无常,她的一声"咳嗽"就足以引发他的歉疚感和良心谴责。[99] 在故事开篇,那张蟒蛇吞大象的图还只能模糊地诠释,到此刻其内涵和主题就变得非常清楚了。

因为在既定条件下,母亲即便不对,也总是有理的,想和母亲顶嘴，就成了"绵羊"；对母亲的任何反驳都会造成致命的辱没，"小王子"面对"玫瑰"时的难题从一开始就注定是无解的。不仅如此，无论他在"玫瑰"星球上如何使尽浑身解数，都无法摆脱的感觉是：即便尽心竭力，也永远无法让"玫瑰"感到称心如意，而她，这朵弱不禁风、无助可怜的"玫瑰"其实不仅长着"刺"，还有不折不扣的虎爪。[100]母亲所有武器里最具杀伤力的一种就是敲诈式的恫吓——"让我死吧"，这会让"小王子"感到羞愧难当，生不如死。[101]孩子听到的最为可怕的指责肯定莫过于：由于他表现欠佳，母亲可能活不长了。孩子宁愿剥夺自己的生命权利，而不愿招致如此的谴责。然而，为了免遭死亡的威胁，"小王子"的"玫瑰"提出的要求其实根本不涉及某种范围明确、切实可做的行为——她的诉求是极权，是没有尺度的，是为了无限地被爱。最让她感到郁郁不快的是，除她之外可能还存在着什么，即便不能胜她几分，却也可与她媲美。每当"玫瑰"疑心"小王子"可能会移情别恋，就能够立即让他深感歉疚，觉得自己像是图谋不轨的凶手。"小王子"明显觉察到"玫瑰"抑郁性的"咳嗽攻击"，她的种种指责——他对她不够呵护，他太"冷淡"和"没爱心"、"不忠诚"和"不感恩"[102]——这一切说到底只是手段而已,以便"玫瑰"继续行使威权和施加影响,他虽明白,却束手无策。总而言之,他始终心怀挥之不去的歉疚感,这种感觉恰恰因为母子关系的深厚与亲密而从根本上毒害了它。

"小王子"后来自言自语道,要和这样的"玫瑰"母亲共同生活,唯一的办法是:别把母亲的话太当真,常常把它当耳边风就好了,或是当作古怪念头置若罔闻;只需要时刻忆念着"玫瑰"本身是多么可爱迷人,能散发多么令人心醉的氛围;必须能够懂得,恰恰是她的指责与抑郁流露了"温柔"和"爱"。[103] 但是,为了认识到这一点,必须自由和独立地面对"玫瑰"。没有一个孩子——只要他还是个孩子——能做到这一点,因此,"小王子"将他与"玫瑰"关系的悲剧归结为下面这句令人震撼的话,"我太年轻了,还不懂得怎样去爱她。"[104] 可谓一语中的。没有什么生命阶段像童年时期一样,如此完全地依赖于来自母亲的爱和对母亲的爱;然而,倘若母亲是朵"玫瑰",这朵"玫瑰"就像里尔克墓碑上的铭文一样,只可理解为"纯粹的矛盾"[105](他是在怀念自己的母亲),那么,这种对爱的需求是无法长期得到满足的，如此一来，有时就不得不终于从母亲身边逃走，仿佛逃离生命危险。这正是"小王子"所做的，结果却只是为了体会到，即便在他逃离期间，甚至正因他的逃离，他更是深受强烈的歉疚感的折磨。面对看不见的蟒蛇的血盆大口、母亲的虎爪，他根本无路可逃！

  "小王子"刚一郑重地以沉默抗议，准备启程离去，"玫瑰"就表现了前所未有的勇敢和无私（这令人惊讶）。的的确确：她爱"小王子"甚于一切，衷心祝愿他找到幸福。[106] 她绝对不想因为自己的神经质和发脾气造成不好的结果。可是，当"小王子"打算与她分离，她若是一如既往地指责和抱怨，这倒会让"小王子"觉得轻松些，至少当他回想起来时，毕竟还能为他的残酷决定（留下母亲孤单一人）提供借口和理由，她却偏偏在这一时刻表现出"静静的柔情"[107]，这就像是严厉的责备，也正是她的用意所在。是的，"玫瑰"之前一直善于把所有过错全都推到"小王子"身上，这时却突然能够承认自己对这一关系的悲剧也负有些许责任，不仅责怪"小王子"很傻，也骂自己很蠢[108]。这一迟来的懊悔之言虽然为时已晚，却策划得如此巧妙，足以使小王子的逃离企图显得既不合情又不合理。如果说，他之前一直因为自己的"愚蠢"而深感歉疚，那么，当他此刻转身离开母亲之际，更是满怀深重的歉疚感，因为母亲是如此美好善良、无欲无求、低调谦逊。尤其是，她完全理解他的决定。她明白，没有毛毛虫的阶段，就不可能羽化成蝴蝶[109]；或者说，她接受了"小王子"的疏远，认为这是必要的"蛹化过程"，她充满耐心和善解人意地忍受并承受所有苦涩，这是如此感人。当此之际，"小王子"一定觉得自己是多么恶劣，因为他无视"玫瑰"的这番自我表白所蕴含的真正的伟大与善良，仍然坚持逃离计划！他确实感到极度的懊悔和忧伤，最终倒是"玫瑰"不得不催他赶快结束这场痛苦的"告别"。她说出的"许可"，甚至"愿望"，即"小王子"应当在她的生命之外去寻觅和找到自己的幸福，只会比先前所有坦率说出的责备和告诫把他更紧地拴牢在这朵可怜的"玫瑰"身上——她是否别来无恙，这个问题将一直伴随着他的逃离之途；为了给自己的决定找到合乎情理的缘由，他必须证明自己在外面的世界确实找到了幸福和成功，否则，"玫瑰"既已心碎地弃绝一切，这只会给她雪上加霜，增添新的愁苦,而这是他绝对不愿看到的,即便他应当谋求幸福也会因歉疚感而充满苦涩的滋味,因为他是用泪水,以"玫瑰"的牺牲生命为代价赢得这幸福的。

关于"玫瑰"星球的描述,乍一看显得零散怪异,但是,我们如果仔细并一以贯之地剖析它,尤其是从心理分析角度小心谨慎地挖掘其中的象征世界,就可以得出上述结论,揭示"小王子"经历世界的背景。由此看来,《小王子》是在对缺乏"玫瑰色"的童年做隐晦的总结陈词,是在对充满爱又伤人心的母亲——玫瑰所留下的潜意识或无意识的影响与烙印做彻底的清算,是在试图为永无休止的两难困境找到正确和公正的解决办法。当然,这一切在作品中都处理得轻灵而难以把握,隐晦而难以捉摸,仿佛只可意会不可言传。圣埃克苏佩里一再强调,问"小王子"问题时,他从不回答。[110] 表面看来当然是这样的,但是,正因为《小王子》的真正主题,即关于母亲的秘密,被重重歉疚感、恐惧感和心理的矛盾冲突掩盖得严严实实,显然始终是无法言说的,所以它需要象征性的浓缩,以便对意识掩盖它所不想知道的事,这一象征性的浓缩客观上所讲述的内涵却远比人们自己愿意公开承认的多得多。正是作为象征形象，作为意象，"小王子"以其自身的存在回答了与心理分析有关的所有问题。阐释的艺术仅仅在于，提出"正确的"问题，尽可能切身感受"小王子"的每句话所蕴含的情感含义，直到最后没有一个细节是多余和矛盾的。这样一来，通过圣埃克苏佩里的这部最重要和最著名的作品，我们对孩提时的圣埃克苏佩里的了解就会胜过所有传记和研究文献关于这位百万读者最喜爱的不朽作家的描写。

可是，或许仍会有人提出异议：心理分析的所有这些重构努力与诠释是否立足于先入之见和不够充分的理论及方法前提呢？上述诠释是否仅仅"再一次"将人性中的伟大与高尚拽入"俄狄浦斯臆想"的龌龊里去了呢？也可能"一切是另一个样子的"？还有最后一个问题：谁能保证心理分析的阐释是否准确呢？

仍需强调的是，关于"小王子"对"玫瑰"的强烈依恋，本书迄今为止得出的结论几乎全是依据对《小王子》文本的解读推导出的，并未大量借助别的传记或自传中的信息；还需要指出的是，如果不从上述角度，以唯一的核心问题情结作为出发点进行分析，圣埃克苏佩里这部作品中的许多重要段落读起来就不会是合情合理、必要并且合乎逻辑的，必然会显得完全偶然、难以理解或近乎怪诞。要证明对文本的阐释是否正确，阐释内在的自圆其说是极具说服力的论据。即便是对心理分析持怀疑和不解态度者，我们也可以使其相信，圣埃克苏佩里的作品中确实有上述的"小王子"形象：他面对神秘莫测的"玫瑰"，满怀忧虑、歉疚感、恐惧感和责任心，这朵"玫瑰"只可能是他的母亲。

幸运的是，我们能读到圣埃克苏佩里在长达二十余载的时段里写给母亲的信件。即便人们一般会认为，南欧人写小说的方式远比德国人更能在表现男孩、少年、男人的关系时写得柔情缱绻、诗意盎然，我们仍会深感震惊和讶异的是，无论写信者的文化程度、职业、婚姻状况有何变化，或战争是否爆发，在长达四分之一个世纪里他在这些信件中表达的却是一成不变的相同情感：因母亲而感到担忧、悲伤，需要母亲的庇护，对母亲的责任心、依赖以及信誓旦旦的忠诚。所有这些情感显然也出现在关于"小王子"与"玫瑰"奇特关系的描写中。因此，我们在此最好直接摘引圣埃克苏佩里致母亲的信函，并在摘引的段落末尾标上写信年份，这样每位读者自己就可以一目了然地看到，圣埃克苏佩里终其一生都完全依恋母亲。写最初几封信时，圣埃克苏佩里才21岁，写最后几封信时，他已44岁，其间的时间跨度是他寿命的一半。就对母亲的态度而言，圣埃克苏佩里却从始至终丝毫没有改变：他总是在恳求着、崇拜着，语气懊悔而苦涩，他总是在寻求庇护却又希望提供庇护，一再将母亲的命运与自己的紧密相连，总是在寻求自由却又渴望返家——持续不断的心理矛盾状态，这一总体印象可为"小王子"因其"玫瑰"而感到的"难处"和"责任心"提供最有说服力的评注。圣埃克苏佩里在1921年写道：

> 我又读了一遍你的信。我觉得你非常忧伤和疲惫——接着，你指责我沉默——妈妈：可我写了信的呀！我觉得你是那么忧伤，我因此也感到忧郁……紧紧拥抱你，正如我深深地爱你，我亲爱的妈妈。[111]

> 我还经常梦见你，想起小时候关于你的许多东西。我常常给你带来这么多烦恼，这让我心如刀割。妈妈，

你应该知道，我是多么珍视你，你是我所认识的所有"妈妈"里最优雅的一位。你完全应当过得幸福，而且，不该有个惹你生气的大男孩，他整天要么牢骚满腹，要么大发雷霆。对吧，妈妈？[112]（1921）

我和小时候一样需要你。中士，军纪、战术课，这全都是多么枯燥而不讨人喜欢的东西！我仿佛看见你，你正在客厅里摆放花束，我心里不由得冒起一团怒火：对中士的怒气。我怎么能时而惹你伤心流泪了呢？一想到这些，我就痛苦至极。我让你怀疑我是否和以前一样温柔。是的：你一定要知道的呀，妈妈——你是我生命中最珍贵的。我今晚就像个小男孩一样想家。我想着，你在那儿四处走着，说着话，我们原本可以在一起的，我却丝毫感觉不到你的温柔，我也无法成为你的支撑——我今晚真想号啕大哭一场。当我悲伤时，你是我唯一的安慰。小时候，我背着沉重的书包回到家，抽泣着，因为在学校被处罚了——你还记得勒芒这个地方吧；只要你吻我一下，我就立即忘了所有不快。你是法力无边的庇护者，保护我免受教师和神父的责骂。有你在家，我感觉如此安全，只属于你！这曾是多么美好的感觉——此刻，仍然如此，你是我的避难所，你无所不知，你让我忘记一切不快，不知怎的，我总觉得自己还是个小男孩。[113]（1922）

我感到非常难过，因为我知道你在生气……我明明知道应当完全信任你，把我的烦恼对你和盘托出，以便你能安慰我，就像我小时候那样，我那时总是把心事全都讲给你听。我知道，你非常爱你的儿子，这个高个子的家伙。[114]（1923）

我把一切都放到你手心里；然后，你将与更高的神灵交谈，这样就会一切顺遂的。我现在就像个小男孩；我逃到你身边。[115]（1923）

我有一个月没收到你的来信了。我写信写得很频繁，这真让我伤心。你的只言片语也会让我深感欣慰的，因为我亲爱的妈妈，你是我心中的挚爱。当我不在朋友身边时，我就越发清楚地认识到，哪些友谊是我的避难所，你的每

句话，对你的每丝忆念都会治愈我的忧郁。[116]（1926）

你是我在世上的最爱……你与我相距非常遥远。我想到你的孤独……我回到家该多好，就可以做你的儿子了——这是我的梦想，就可以请你去外面吃饭了，为你带来那么多小小的快乐；因为你上次来图卢兹时，我感到如此悲伤和羞耻，因为我什么也不能为你做，于是我总是心事重重、郁郁寡欢，没法温柔对你。——不过你可以宽慰自己，我亲爱的妈妈，你让我的生命中充满了友好的事物，其他谁也没能做到这一点。你是我回忆中"最令我心旷神怡"的，最能唤醒我自己。属于你的一丁点东西也让我备感温暖：你的围巾、你的手套——它们都呵护着我的心。[117]（1926）

你若愿意，我就结婚……[118]（1928）

我们住在勒芒时，有时我们已躺在床上，你在楼下唱歌。歌声传到我们耳边，仿佛盛大节日的回响。我这样觉得。我生命中最"美好"、最平和、最友好的物件就是圣莫里斯城堡楼上房间里的小壁炉。从未有什么让我感到生活是如此安宁……这个小壁炉保护我们不受任何危险的侵害。你时而走上来，打开门，发现我们全都安然无恙地躺在舒适怡人的温暖中。你听见壁炉轰隆作响，就又走下楼。我还从未有过一位像这壁炉似的朋友。——让我懂得什么是永恒，不是银河系，不是飞行，不是海洋，而是你房间里的另一张床。生病的人真是好福气……这张床是无边的大海，感冒让我们得以进入这片浩瀚的海洋。那儿也有个咕隆作响的壁炉。玛格丽特让我懂得了什么是永恒。我不大确信告别童年后我是否真的活过。[119]（1930）

当我读到你字斟句酌的短信时，我哭了，因为我曾在沙漠中呼唤你。我那时怒火中烧，因为与所有人都隔绝开来了，因为这沉默，我呼唤着妈妈。很可怕的是，把家属留在家中，而她需要我，比如，康素罗[*]。我非常渴望回家，以便能给予呵护和提供保护，我全力挣扎反抗，是沙阻挡着我，使我无法履行义务，我真想移动山脉。

----

[*] 圣埃克苏佩里的妻子。——译者注

可我需要的是你;是你一直在呵护我、保护我,我呼唤着你,满怀小山羊的自恋。我返回家中,多少是为了迁就康素罗,而我能顺利返家,妈妈,依靠的却是你。你虽然如此柔弱,却如此懂得做我的守护天使,你是如此坚强和智慧,你知道吗,我在深夜里独自向你祈祷?[120]
(1936)

我多么希望,几个月后,你将在燃烧着的壁炉旁拥抱我,我亲爱的妈妈,我年老的妈妈,我温柔的妈妈;我希望那时能对你倾诉我的所有想法,和你聊所有的事,尽量少和你顶嘴……当你跟我说话时,仔细倾听,你在生活的所有事情上总是对的……我亲爱的妈妈,我爱你。[121](1944)

在圣埃克苏佩里的最后一封信中,可以再次读到对"小绵羊"与其"口套"这个问题的暗示,以及对"玫瑰"问题的影射——她总是对的,只是因为她必须总是对的;除此以外,这些信却还充分印证了对圣埃克苏佩里来说如此重要的关于责任与忠诚的思想,尤其记录了他对温馨"氛围"、"玫瑰"在小"星球"上散发的"芬芳"的强烈依恋。这些信件再清楚不过地表明,圣埃克苏佩里终其一生都在情感上与母亲紧密相连,母亲语气忧郁的指责使他深感歉疚并不断努力将功补过,与此同时,母亲却也能以其敏锐在他四周树起一道坚不可摧的保护墙,以此对抗缺乏爱的外部世界。

我们在分析《小王子》时获得的印象由此得到了充分的印证。这显然确实是圣埃克苏佩里内心没有透露给外在世界、严加隐藏的一面,这一面向在《小王子》中虽然是以象征手法隐晦表现的,总体上却讲得远比圣埃克苏佩里自己或关于他的任何其他书都更清楚:恋母情结没能消除,也无从消除,与之相伴随的是所有向往、纠结情感、要求与歉疚感。或者说,只有将《小王子》的核心秘密——"玫瑰"的秘密——看作关于母亲的秘密,才能理解它。

伊卡洛斯的秘密

†

尽管如此,对母亲的孩童般依赖只是圣埃克苏佩里立场的一个面向,而且是隐藏起来的那一面;他身上的另一面——大家都看得见并钦佩不已的——则是"飞行员"角色,高不可攀、直冲云霄,是勇敢无畏的思想家、作家、文化批评者和同伴的姿态。人们在赞美飞行员圣埃克苏佩里时[122],当然往往很容易忽略的是,恰恰这一角色在《小王子》中渴盼着获得另一立场的补充甚至解救:"飞行员"失败了——《小王子》童话以此开篇。因此,为了充分领会这部童话的象征意涵,还必须探究的问题是,是什么活在"飞行员"这一象征中,抑或看似不再能活下去。这样就能获得与"小王子"形象针锋相对的形象,正是这两个象征形象之间的反差与对峙张力构成圣埃克苏佩里的真正主题与本质、真正形象与真相。只有通过"小王子"与"飞行员"之间的张力才能明白,圣埃克苏佩里的"讯息"所具有的"先知预言式"开端为何永远无法超越不可实现的向往这一忧郁的地平线,并且事实上无法融入某种平静的信念之中。

心理分析依然倾向于将精神立场阐释为某些内心情结(或某些社会与经济冲突)的伴生现象或直接反映。在此预设的是"经济基础"与"上层建筑"之间的严格制约关系,精神内涵本身仿佛成了作为基础的无意识活动的产物。当然不可否认的是,某些理论建树与生命立场可能对尚未消解的内心(或社会)冲突进行意识形态化、理性化、合理化处理,会加以掩盖。上述前提却很难广泛成立,除非是为了将所有精神信念都判定为非本质性的、推导出的和掩盖性的,这种判定本身就依赖于意识形态。其实,从精神内涵本身无法追根溯源地找到某种内心(或社会)情结作为根源,反倒正是精神信念中的不一致、思想断裂与矛盾会表明,某些看法受制于情结。并非精神本身,更多倒是精神的狭隘、精神视野的扭曲与伪装在某些情况下可被视为心理受阻和受限的结果。就圣埃克苏佩里的作品而言,这意味着,只有充分领悟其"讯息"的精神广度与人性深度,才能从积极角度理解并珍视它,同时并不回避一个问题：他为何有些缺乏对自己预见的信赖，为何只能借助文学（比喻）来继承他所热情捍卫的宗教遗产。

我们在读《小王子》时，都会觉得有些蹊跷：书中大谈特谈爱与忠诚，然而现实中充满温暖的喜爱之情却只表现在"飞行员"与"小王子"的关系中，"小王子"形象浓缩了这种爱恋关系中小爱神厄洛斯的角色（他代表着无限向往这一原则）。[123] 对女性的爱，圣埃克苏佩里的这部作品只字未提，除了既掩盖一切又昭示一切的"玫瑰"这一象征。[124] 单凭这一事实，我们已可得出确凿的结论：自孩提时代起，圣埃克苏佩里其实真正爱着的始终是他的"玫瑰"，只有当他扮演那个忠诚的、未遭成年人世界毁掉的孩子的角色时，他才最为看重和喜爱自己，与此同时，他羞于对自己及他人承认他的恋母情结之深。

圣埃克苏佩里的童话反倒有更多透露。"小王子"全心爱着"玫瑰"，抵达地球时却被"玫瑰"流放，是面对她的各种要求的逃兵，这一对立状态极富圣埃克苏佩里特色。因为，圣埃克苏佩里思想与感受的独特之处不仅在于对母亲的强烈依恋，以及他的保守，而且同样在于对母亲蟒蛇般的紧紧拥抱所怀有的恐惧感。只有以此为背景，才能理解他的创作在原则上的未完成状态和精神上的不得安宁，才能理解他所宣扬的通过奋斗、奉献与牺牲得以实现的自我超越，以及尤其在他生命走向终结之际越来越深地弥漫开来的求死欲——这是以玄秘的方式与母亲世界融为一体，这一世界在生命中虽遥不可及，却神秘诱人；通过"小王子"返回"玫瑰"星球，以乌托邦的方式使所有问题迎刃而解。要说清上述关联，必须依据圣埃克苏佩里的全部作品及生平来剖析《小王子》童话——从母亲身边逃离是其中深藏不露的核心母题。

圣埃克苏佩里是作为描写飞行的作家载入史册的，这完全在理。对他来说，飞行并非有时限的行当、混饭吃的营生，而是内心需求，这一需求囊括他的整个生命，并为之打上烙印。当他极度抑郁时，是飞行救了他。[125] 飞行极其符合他对积极行动、有所作为的渴望；飞行带来了他所渴盼的与同伴的相处，他认为，这些同伴和他一样服务于共同的任务，因此"紧密相连"[126]；飞行对圣埃克苏佩里来说在所有方面都意味着与母亲相对的男性世界。他心中的"小王子"曾险些因为深重的歉疚感和强烈依恋而永远沦为离不开母亲怀抱的怯弱儿子，因此毕生都在绝望地努力展现他作为"飞行员"的独立与男子气概。

对抗母亲的娇宠,寻觅对男子气概的自我证实,向往同伴之间的共同点,渴望艰苦卓绝而富于挑战的真正任务,这一切所达及的程度无疑颇具自虐色彩。比如,圣埃克苏佩里在一封"战争信函"中承认道:"我尤其要求自己经历的,是我内心并不渴望的。这就是肮脏、雨天,在农庄里风湿病发作,是漫长无聊的夜晚,是身处万米高空时的所有不安所带来的忧郁,还有恐惧感。这是不言而喻的。我要求自己经历人所能经历的一切。只要经历这一切,我就可以作为人与他人相处,与同类一起重生,因为一旦与他们分开,我就成了废物。我对旁观者充满鄙视:他们做任何事时都不敢真正投入。"[127]

这段话再清楚不过地道出了他的愿望:终于逃离娇生惯养的局外人处境所造成的隔离生活区,作为同类中的一员参与完成共同的任务。"人类"——配得上这个称呼的,是那些不愿在空虚享乐与卖弄才智的虚假世界里苟且偷生者,是渴望在"生命"中有所"作为"者、付出"牺牲"者。圣埃克苏佩里在此将"真实的"和"人性的"领域视为艰辛而富于牺牲精神的,似乎这是理所当然的;这一等同之所以对他来说不证自明，显然因为在他的经历中，母亲的娇宠、缺乏男子气概的危险以及他心中潜藏的自恨已融为一体。"简单"、安逸、"理论式"的生活本应是值得追求和值得效仿的理想，却遭到圣埃克苏佩里的鄙夷和排斥，被他视为危险的腐烂状态。他因此越发渴望用什么来替代具有两面性的母爱，希望在"同伴们"这一男性群体中将之觅到，这一群体不同于母亲令人窒息的拥抱，是在共同的任务中团结在一起的。

从圣埃克苏佩里的生平可以得知，他对"朋友"和"同伴"的向往其实一直没能实现，恐怕也无从实现，这一心愿更多源于从"玫瑰"身边逃离的愿望，而不是发自对人与人之间亲密关系与休戚与共的真实体验。可是，由于一些与母亲相关的童年经历，人的聪慧与敏锐会被纠结扭曲成对女性的无意识恐惧。[128] 圣埃克苏佩里的情形就是这样。因此，他觉得自己的多愁善感、耽于沉思和文艺情趣简直像是诱惑和可怕的桎梏，他集聚一切力量来树立尽可能与之截然相反的"男性"理想，以便逃离母亲世界。此道不孤也，他有真正的同道者。大概一个世纪之前，弗里德里希·尼采——他是圣埃克苏佩里非常喜爱的哲学家——试图以类似方式,即逃向关于"超人"的幻想、关于伟大行为的哲学,逃离孩提时代的"母权制"。[129] 就在圣埃克苏佩里自己的时代,让·保罗·萨特仍企图宣扬绝对自由,以便逃离母亲的监禁,他将人的存在定义为"一堆无用的热情",即把自我塑造成类似于神的自为和自主存在。[130] 萨特尤其憎恨"市民阶层",想成为"无产者"的一员,却徒劳无功;他无助地努力争取工人们的好感,比如,在雷诺汽车厂对工人做演讲。[131] 他对自己总是不满。就动机、策略和目标而言,这一切都与圣埃克苏佩里对同伴和真正的人的徒劳寻觅极其相似。

圣埃克苏佩里一辈子都在试图从母亲身边逃离,这一努力只是表现得远没有尼采或萨特那么"革命性"而已。对母亲的恐惧感与歉疚感窒息了他内心的所有反抗意志,而且,对母亲的无限崇拜与敬重也使他难以对母亲本人以及她所代表的理想与价值产生一丁点质疑。在他内心展开了一场拉锯战,一方面是无限向往地回归童年的倾向,另一方面是满怀恐惧地努力向前,这场拉锯战日益迫切地需要以象征手法加以表达,圣埃克苏佩里在对"飞行"激情洋溢的渴望中找到了这一表达的可能性。圣埃克苏佩里的传记作者一致认为，他的飞行愿望有时像上了瘾似的，因为他常常不管不顾空气动力学的极限与法则，这一愿望显然超出了正常的价值程度。[132] 诸多迹象表明：飞行之所以对于圣埃克苏佩里具有"超值性"，原因在于飞行之梦这一象征本身[133]：它意味着诱惑，即以奇妙方式逃离"母亲大地"及其重力的束缚，它意味着想象，即赢得无边无际的独立与自由，摆脱一切束缚与围限，它是感受，即立于高塔般凌驾于一切之上，上帝般拥有无限威权，它是对冒险、男子汉勇气和百炼成钢的迷醉感，是与宇宙融为一体的神秘感受，是对赋予意义的伟大行为的憧憬。

如果有人指出，空间中的飞升本身未必意味着心灵的伟大和人性的成熟，并以此驳斥圣埃克苏佩里的飞行癖好，这样的批评不说明什么问题——"飞行"自古以来就具有原型性质的象征，是人类的梦想，蕴含着所有与精神、与人之超越于自然相关的向往。比如，中美洲的印加神话讲到带翼的蛇，对于这样的蛇，精神能够超越肉身，尘世存在能够借助风神之力飞升到空中。[134] 许多民族的童话和传说都一再讲到，人如何羽化为鸟，以便摆脱某些依赖形式。[135] 神鸟或鸟人这一象征始终浓缩了对自由、智慧和权力的诉求——这与现实中的依赖、情感上的束缚以及对自我价值的强烈怀疑截然相反，是典型的未遂心愿。这就是"飞行员"圣埃克苏佩里的心理世界。

可是，即便在"飞机"里，圣埃克苏佩里也无法逃离母亲这一"大地之蛇"。任何象征都同时在证实着它所否定的，代表着它所否认的。"飞机"本身是母亲的象征，圣埃克苏佩里自己也完全清楚"飞行"所具有的与母亲相关的经历特质，这从《飞向阿拉斯》一书中的描写可以看出，他自己坐在飞机驾驶舱里，感觉像是在母亲身体旁边（或里面）的婴儿："管子和电线组成的一团乱麻变成了血液循环系统。我是有机体，扩展成了这整架飞机。飞机给我带来舒适感，当我旋转某个按钮时，按钮就会渐渐为我的衣服和氧气加温……飞机在哺育着我。飞行前，我还觉得它不近人情，而现在，当我躺在它的怀里，就对飞机怀有孩子般的柔情，婴儿般的柔情。"[136] 更说明问题的是，圣埃克苏佩里巨细无遗地将飞机驾驶舱中的吸氧比作婴儿的进食方式："只需要时不时地用指尖掐一下通到面具的小橡皮管子，就可以清楚感觉到，它依然胀鼓鼓的。奶嘴里还有奶，然后就使劲吸吮。"[137]

圣埃克苏佩里虽然努力从母亲身边"飞离",他内心却一直深深地拴在她身上。从深层心理学角度来看,情感上的拴住与解开、依赖与自由、安全感与进取心之间的冲突形成他所有思想的潜在背景;他的全部思想可被视为精神的唯一一次"高空飞行",为了从"母亲"身边逃离,却又不断逃回母亲身边,这与尼采和萨特的情形一样——只是不那么一以贯之——行为在此取代幸福,道路取代目标,行动取代存在,意志取代理智。[138]

如果只是粗略阅读《小王子》,绝大多数读者不会注意到,圣埃克苏佩里把诸多经过反思的"哲学"放进了"狐狸"和"小王子"的教诲里。确实尤其必须以《要塞》一书为背景,用放大镜似的放大相关段落,才能充分理解,圣埃克苏佩里何等认真和极端地逼迫自己展开搏斗、付出艰辛、不屈不挠、不断超越自我,视超越为神圣的义务,以此对抗自己回溯式想要回归童年的倾向。例如,他笔下的人物、"要塞"统治者说了这样一番话:

与事物展开的伟大斗争：到了对你讲你的重大谬误的时候了……人们如果置身于物质上的极度富足，虽然获得了钻石，却除了无用的玻璃玩意儿，没有别的东西可贩卖，这种人在我眼里是不幸、牢骚满腹和内心不和谐的。因为你需要的不是物品，而是上帝……因为只有促使你成长的物品才有意义，你的成长只能经由你获取它的过程，而不是通过对它的占有。

谁如果整年在岩石上辛苦劳作，每年一次焚烧他的劳动果实，以便从中打磨出宝石的熠熠光彩，这样的人比那些整天不劳而获的人——他们的果实来自别处，不需要他们费吹灰之力——更富有。[139]

可以明显察觉到的是，圣埃克苏佩里其实极其努力地试图克服自己的娇生惯养，克服被母亲宠坏了的儿子的养尊处优，为此千方百计地调动意志和极端的自我蔑视所蕴含的力量。任何事物，只要是母亲白给的，在他眼里立即价值顿失，"消费幸福"被他视为他所处时代的主要疾患，"卖止渴片的人"[140]摧毁了一切价值，圣埃克苏佩里之所以对这两者恨得咬牙切齿，是因为他发现，其中隐藏的危险是他自己内心最深处感觉到的：母亲令人窒息的"善"所赐予他的一切说到底被夺走了，因为这一切丧失了价值，通货膨胀似的贬值了，并且被剥夺了意义。对圣埃克苏佩里来说，只有在干渴中渴望的、激情期盼的、通过自己的努力赢得的、用自己的劳动孕育的，才有价值，才算伟大，才能使生命变得更加丰富。只有将令人窒息的悉心呵护和对母爱的恐惧感作为背景考虑进去，才会认为圣埃克苏佩里的这一特殊的原则是不证自明的；这一原则当然完全主宰了圣埃克苏佩里的思想，以至于他将之普遍化为毋庸置疑的公理：

> ……事物的意义不存在于完成后由停驻的人享受的积累，而只存在于变革、前进或欲望的热忱中。*[141]

圣埃克苏佩里对耽于享乐者、在消费的安逸中玩物丧志者的批评当然完全在理，不过，他之所以将这一批评如

---

* 此处采用马振骋老师的译文，在此鸣谢。圣埃克苏佩里：《要塞》，上海：上海人民出版社，2012年，第102页。——译者注

此绝对化,并非因为他所经历的大众时代的方兴未艾,更多倒是由于他对母爱的印象:这份爱给予一切,因此吞噬一切。作为回应,他才逃到缺席的父亲这一理想中,逃到男性"挑战"[142]的世界里。在圣埃克苏佩里看来,爱即危险,因为爱导致纯粹的占有。圣埃克苏佩里接着让"要塞"统治者说了下面这段话,这段话里再次混合了两种声音,表面上听到的泛音是对市民婚姻形式掷地有声的批评,尖锐的弦外之音却是对爱的奴役——这种奴役不乏虐待狂内涵——所怀有的俄狄浦斯式恐惧:

> 你们的爱以恨为基础,因为你们待在男人或女人身边,从他那儿汲取存货。就像绕着日子打转的狗一样,你们开始憎恨每个瞄着你们食物的人。然后,你们将这种自恋称作爱。一旦得到爱,你们就会像在虚假的友谊中一样,将这一自由馈赠也变成对对方的使唤和奴役;因为知道被爱,从这一刻起,你们就开始摆出一副受伤的样子,通过让对方看见你们的痛苦,你们折磨他,以便更好地将之奴役。你们当然感到痛苦,我却恰恰不喜欢这痛苦。我为何应当仰慕陷入苦海中的你们呢?[143]

从字面意思来看，这一观点反映了对必须"收下"或获赠什么所感到的恐惧——这是在担心自己处于匮乏状态。在恐惧的作用下，圣埃克苏佩里的观点被夸大和普遍化，以至于其正确之处也丧失了人情味。"爱"如果将对方无条件地占为己有，将对方像一顿饭似的吞到肚子里，这样的爱只可能造成不幸，这一观点固然千真万确；同样不可否认的却是，爱也意味着，基于自己的有限性和不完美，一定必须有对方作为补充，仿佛一日三餐的面包。圣埃克苏佩里却从原则上拒绝承认：爱可能正在于依赖感、情感上拴在一起和彼此需要。每每谈到对爱的相互渴望，他眼前似乎只浮现一幅扭曲了的丑恶画面，只有自私自利、纯粹的占有想法、寄生虫似的好逸恶劳。这之中似乎既有孩子的歉疚感在作祟——确实为了自己的利益而"利用"母亲，又有对被囚禁和呵护这一"会生脓疮"的可怕状态所怀有的深重恐惧。

基于这种恐惧感，对于圣埃克苏佩里和尼采来说，即便基督教所宣扬的博爱与宽恕也是危险的，因为这会使人意志薄弱、萎靡颓废：

你们不应当太多宣扬宽恕与博爱。因为这可能招致误解，只会意味着对耻辱或肿瘤的尊重。你们倒是应当宣扬众人的精彩合作，这种合作通过所有人以及每个人得以完成，并塑造了所有人。[144]

由于圣埃克苏佩里如此偏激地用"给"取代"拿"，用赠予取代收下，他必然很容易将爱本身最终也贬值为纯粹的目标概念、完全的乌托邦。对恋爱者来说，爱人就像他呼吸的空气、承载着他的海洋、温暖着他的光亮；如果否认对爱的渴望，就会摧毁爱的血液循环，这一循环系统依赖于寻觅与发现、希望与实现、奉献与放弃之间的持续交换。爱在于相濡以沫，在于对爱人的渴望，以便达及自己身心的完满。与此相反，由于害怕某种令人窒息的爱太过度，圣埃克苏佩里着重强调为对方幸福所做的牺牲与投入，仿佛他是圆满自足的馈赠者，太阳般向四面八方散热的发光体。仅仅片面强调所有人际关系中的行动主义，圣埃克苏佩里的这一立场走到极端，就是让"要塞"统治者庄严宣告："我已对你说过，对爱的向往就是爱。"[145]

谁若想以此作为座右铭生活，这就意味着，要求自己一刻不可懈怠，以此取代对爱之幸福的体验。《小王子》中的"狐狸"所言固然没错："是你为玫瑰耗掉的时间，使她变得如此重要。"[146] 可是，圣埃克苏佩里武断而激进的观点显然混淆了原因与结果：玫瑰的价值并不取决于为之付出的所有辛劳与牺牲——正好相反，只有真正爱谁，才会不惜为之付出任何牺牲与辛劳。的确，只有通过爱，才能真正了解对方的价值，然而，为了真正爱对方，就必须"用心看见"和感觉到其绝对价值。面对花园里的五千朵玫瑰，"小王子"说得很对："你们都很美丽，却是空洞的。"[147] 但是，将之推及对人的爱，这句话的比喻意涵却是谬误的。涉及人，如果将其外在与内在、外表妩媚与心灵高贵[148] 严加区分，这是对人的辱没；如果硬要自己或一心盼着扮演男人的角色，通过爱的辛勤努力，将空罐子似的女人填满，用价值和内涵终于使之变得充实，这就滑到了鄙夷的危险边缘，或者——结果是一样的——有些平衡过度地试图抵消关于性无能的臆想。爱的关键并不在于通过自己所付出的辛劳来赋予对方价值，更多倒是一门艺术，即发现对方的绝对价值并促使其得以充分展现。唯如此，心中才会有置身天堂般的感激之情，感谢对方的存在；

并非恋爱者自身必须赋予对方以内涵和价值，而是由于爱人的魅力和无尽的宽广，整个世界赢得了中心、磁力场和意义的视角。倘若爱人的心灵本身不是如同大海一样，每次涨潮时都将最为稀奇的贝壳冲刷到沙滩上，每一次涛声都在讲述着深不可测的海底那些极其贵重的珍珠和无人见过的珊瑚，那么，"驯服"的艺术本身必然会遭遇穷途末路，沦为一成不变的单调乏味。只有发现无穷无尽的奥秘，将心灵扩展至海洋般浩瀚的整体感与永恒感，才能在爱中展现向往的真正形式，而这显然与圣埃克苏佩里颇带忧郁色彩的乌托邦大相径庭。

对圣埃克苏佩里来说，爱既然被定义为奋斗、坚持和责任，爱的难题最终必然会从对人的欠缺所感到的失望延伸为对万事万物的体验。在圣埃克苏佩里看来，没有什么——无论是空间中的造型物，还是时间中的庆典——具有既定的价值与内涵；他因此越发要求通过禁欲的无偿奉献来为缺乏生命的"材料"带来意义与价值。在爱中觅到意义，这一自由必然会随之扭曲为强迫心理，即借助行动与奉献来树立意义。[149] 例如，"要塞"统治者解释道："我觉得非得救你不可。我逼迫牧师献祭，即便他们的祭品不再有任何意义！我逼迫雕塑师从事雕塑，即便他们对自己的能力充满怀疑。我以死作为威胁手段，逼迫卫兵们走一百步，否则他们只会自相残杀，切断与帝国的联系。是我的严厉救了他们。"[150]

圣埃克苏佩里在所有思考和感受中所展现的人道主义情怀与无与伦比的高贵向来与法西斯主义的暴行相去甚远，可是，他所提出的这种无偿奉献的极端哲学，他所主张的具有普罗米修斯式强迫性质的行为，却直接地陷入了接近于法西斯意识形态的危险之中。正是付出与失败所散发的悲剧性灵韵，正是尼采的口号："我难道在谋求幸福吗？我谋求的是我的作为！"[151] 正是对所谓树立意义和确立价值的行动主义和无偿奉献的激情的讴歌最终会导致万事万物和芸芸众生中的每个个体被矮化为纯粹的原材料，矮化为独眼巨人这位筑墙师的建筑材料。

《夜航》这本书已表现了圣埃克苏佩里思想的全部矛盾，例如，里维埃完全明白，野心勃勃地开辟巴塔戈尼亚邮政航线可能造成巨大的人员伤亡，这与女人和孩子对其丈夫和父亲所拥有的利益与权利完全相抵触。[152] 可是，一旦"男人"和"成年人"的诉求与之针锋相对，对"女人"

和"孩子"权利的抽象认可又有何用？可能会出现悲剧性的冲突，即人们出于责任不得不做他永远无法承担责任的事——唯一能做的只是为此请求原谅。[153] 这种悲剧却源于伦理本身的辩证法，并非像圣埃克苏佩里所认为的，来自形而上学化了的性别之间的两极对立，除非将这种矛盾心理状态本身视为"悲剧"，由于这种矛盾心理，圣埃克苏佩里在谋求男人气概和人性时一再卷入恐惧和矛盾之中。只有当"男人气概"仅仅被看作在以对抗方式逃离所谓"保守""被动""静态"的女性立场，才能理解，将男人的任务视为通过进取、斗争和行动等反方向努力来塑造自己，这不过是"男性的抗议"而已。《夜航》的书末根本不再关注"牺牲"人的生命所要达到的目标：

> 胜利……失败……这些词没什么意义。生活还处在这些形象下，已在塑造新的形象。一场胜利会使一个民族衰弱，一场失败又会使另一个民族觉醒。里维埃遭遇的失败可能是一场交锋，会带来真正的胜利。唯一重要的是进行中的事。[154]

对历史的这一动态观察会认为一切都是合理的,包括民族社会主义者的神秘玄学。倘若历史的运行是为了在胜利与失败的起起伏伏中成就自己,需要牺牲人的生命,就不可避免地会出现关于历史的意识形态,在所有民族中,中美洲的阿兹特克人最为鲜明地守护着这种意识形态,以便建立其血腥仪式:地球第四纪冰期源于土与气、火与水之间的冲突——它们是男女对立的原初象征,只有通过将人的肉身奉献给众神,以便众神汲取力量,这一地球纪元才能获得向前运转的动力。[155] 如此倒退回历史神话学,一旦对此表示认可,任何野蛮行径皆可能,甚至是必然的。关于"血脉"和"牺牲"的玄学其实并不能为任何行为提供辩解,众神为了维持自己的生命所需的人肉牺牲品只会使他们更令人厌恶,而不是更值得膜拜。然而,为了远离这一故弄玄虚的世界,首先必须使爱的体验、女人的奥秘摆脱让人恐惧的偏执念,同时并不减损其魅力和魔力。因此,关键问题在于,如何能在推及世界背景的范围内,不将"女性"和"母性"看作吞噬一切的安稳感、永恒生命的场所。最终的问题在于,我们相信的是什么样的神,什么样的神之形象。

不同于尼采，不同于萨特——他俩公开驳斥基督教对化身为人的上帝的信仰，以自命为上帝的超人形象与之针锋相对，圣埃克苏佩里在作品中十分羞怯和恭敬地采用了"上帝"这一流传已久的字眼，保持了源远流长的宗教里在他看来既空洞又神圣的一切，以便赋予这一字眼以截然不同的甚至完全相反的内涵，这一内涵与其说符合《圣经》的上帝形象，毋宁说接近于尼采和萨特的无神论。关于上帝形象的这一新方案归根结底仍源于恐惧感，即害怕"母亲"上帝的怀抱所带来的窒息死亡。

当圣埃克苏佩里说起"上帝"时，往往指的是人的自我超越、自我提升，对人趋于安宁的否定——这意味着内心的不安之灶和外界的山顶十字架，它矗立于无可攀缘的山脉之上。他坚决抗拒将关于人的想象——即便是出自《圣经》的想象，即把上帝描述为"位格""善""天父"——与人的这一绝对彼岸性质联系起来。他的看法很对：现代无神论的缘由首先在于将"上帝"概念（尼采会说：这是把人变成"绵羊"[156]的哲学）人性化了。不过，由于抗议基督教的上帝形象所带来的虚假的安宁，圣埃克苏佩里弃绝基督教所带来的所有希冀。"因为，"他借"要塞"统治者之口说道,"当你怀疑上帝时,你总是盼望着,他会像散步者一样出现在你面前,造访你,可你遇见的是谁呢?只会遇见你的某位同类,他会把你带到乌有之乡,把你锁闭在孤寂之中。因为你盼望的并非至尊上帝的显现,而是一出戏和集市庆典,于是只会经历到寻常的集市乐趣,从而感到失望,将矛头指向上帝。你如何能从这诸多寻常里证明上帝的存在呢?由于你盼望的是上帝从天而降,来到你身边,拜访你,与你地位相同,无缘无故地在你面前。你的愿望永远不会被倾听到,正如我在寻觅上帝时所经历的。与此相反,倘若你努力奋斗,不断攀升,抵达某个层面——不再是事物位于这一层面,而是将事物紧密联系起来的上帝之结,那么,精神帝国就会对你敞开,众多现象会让你感到目眩,它们不是为了智性,而是为了心灵与精神而存在的。"[157]

这些话最为鲜明地驳斥了基督教观念中的上帝"显现"于人或上帝"肉身"为人。在圣埃克苏佩里看来,并没有降临到人身边的上帝,这位上帝在充满恐惧和无助的世界中悲悯人的困苦;只存在一种可能性,即人把自己提升为"上帝"。按照"要塞"统治者的话就是:"我如果想让你……懂得上帝,我会先让你登山,以便体会到星空下山脊的全部魔力。我会让你在沙漠里干渴欲死,以便你感受到井水的甘甜。接着我会派你去采石场劳作六个月,使你在正午的烈日下精疲力竭。然后我会对你说:暴晒于烈日下的人,当夜的秘密步步走近,他已登上星空下的山脊,他会在上帝之井的沉默中饮水解渴。然后你就会相信上帝。"[158]

对圣埃克苏佩里来说,"上帝"——或对"上帝"的信仰——完全来自以下经历,即人对自己有所要求,由于万事万物只有通过人的投入与牺牲,才能展现其价值,"上帝"同样只可能是当人自我否定后所找到的现实之总称。这位"上帝"不对人提出的任何问题给出回答,他仅代表着原则,即质疑人的所有自足和自满。这位上帝有些类似于麦加的大清真寺,当然没有天使加百列及其带给先知穆罕默德的讯息:他是一块黑石,倘若没有从沙漠跋涉而来的朝拜者的手的触摸,没有他们额头的汗水,没有他们的祈祷,他就什么都不是,他并非地点(在此能找到什么),只是场所(人们在此终于明白:朝圣之途、超越自身边界、超越自我本身是永无止境的)。[159] 因为细看之下就会发现，这一"提升"、这一"跋涉"针对的并非可以企及的目标，圣埃克苏佩里不得安宁的超越——正如让·保罗·萨特——其实只是在逃离自己的渺小卑微感，同时是一条道路，引向既与上帝又与众人隔绝开来的绝对孤立。"主啊，我的孤独有时冷彻心骨，"《要塞》中的统治者也承认道，"置身于孤单一人的沙漠中，我渴望某个迹象的出现。你却在梦中给了我教诲。我明白了，所有迹象皆虚幻，因为你若是与我处于同一层次，就不会逼迫我成长了。主啊，我既如此，该当如何？"[160]

在圣埃克苏佩里的作品中，因自己的"渺小"感到羞耻，总是对自己不满，害怕自己"缺乏男人气概"，弗洛伊德术语中的这种"阉割情结"隐藏在几近宗教性的语言中，这种语言无所信仰，不愿安于已觅到的一切，以便只在"攀升"过程中发现语言的伟大之处。尽管如此，必须从所有这些极其偏激，常常只有作为反论才能理解的表述中同时看到其对立面，才不致对圣埃克苏佩里产生误解。一方面，这个男子出于恐惧感和自我鄙视，一再斩钉截铁地驳斥世界的"母性"背景这一观点；另一方面，他沉迷于对母亲世界无限向往的回忆。圣埃克苏佩里因童年时期代代相因的价值观遭到摧毁而深感痛心，他的基本谋求是完全保守性质的。最为坚决否定的恰恰是他自己最渴盼的，最热烈渴盼的恰恰是他自己立即想逃得最远的，如果不了解这一持续不断的矛盾状态，就无法理解圣埃克苏佩里的生命与思想，更无从领会他关于"上帝"的描述。同一位圣埃克苏佩里，他刚刚还指出，"上帝"所代表的原则是坚持不懈地自我超越，慢性长期的生存不安，随即会毫不犹豫地将"上帝"称作永恒之保障；他刚刚还在要求人应当不懈攀登、不断跋涉，随即就将"上帝"视为人的家园与故乡；他刚刚还在赞颂着行动、牺牲、积极投入的绝对价值，并将历史的迅猛发展树立为应对所有问题的终极回答，却又立即就渴望持续绵延与坚固稳定。他借"要塞"统治者之口说的这番话概括了他关于"上帝"所持的所有相反观点："……我是上帝的侍者，我欣赏永生。我恨变幻不定的一切。我要掐死这样的人，他半夜起来，在风中散播预言，就像中了雷击的树木，咯咯作响后断裂，让森林跟它一起燃烧。当神动的时候我害怕。神是不动的，让他坐在永恒中！因为有创世的时候，但是也有建立习俗的时候，得到幸福的时候！和解、培育和修剪是必要的。我缝补地面的裂纹，给人抹去火山的痕迹。我是深渊前的草坪……这是为什么我保护这样的人，他的后世后代还重新修改龙骨的线条或盾牌的弧形，以使它们臻于完美……我爱不断繁衍的牲畜，我爱周而复始的四季。因为我首先是个常住的人。要塞啊，我的家园，我要救你免于陷入沙的阴谋，我要在你四周布满岗哨，以便他们在蛮人入侵时吹响号角！"[161]*

这时，转瞬间，游牧民族和没有家园的人、刚刚还被赞颂的吉卜赛人、野蛮人，成了人们必须防备的对象；这时，顷刻间，重要的是保护而非进取，因为人们感到如临深渊的恐惧在逼近。

类似的自相矛盾在尼采作品中也可看到——我们会一再发现他与圣埃克苏佩里的心性契合，这一契合显然来自他们都对女人有恐惧感。尼采也是如此，他刚刚还将关于持续和永恒的所有想法诋毁为对历史与世界的柏拉图——基督教式伪造，很快却试图借助循环往复的念头、永久轮

---

* 此处采用马振聘的译文，在此鸣谢。圣埃克苏佩里：《要塞》，上海：上海人民出版社，2012年，第13至14页。个别处略有改动。——译者注

回的理念无限接近"存在"概念。[162] 圣埃克苏佩里也同样明确地表示，他十分渴望重返他所努力逃离的世界，他的世界观的"动力主义"归根结底源于对"传统主义"的失望。如果说，尼采迫使自己接受"无家可归状态"，要求自己不断提升至更高的孤独[163]，圣埃克苏佩里则始终在渴望着重获失去的一切。同样完全处于精神挑战的极端状态，尼采的"超人"意欲将整个欧洲变成其英灵堂。[164] 圣埃克苏佩里则在面对时代灾难之际，除了悲叹孩提时代的所有价值尽皆被毁、无望获救，别无应对之策。他本人除了怀有强烈的求死欲——"圣埃克"（Saint Ex），他的同伴们这样调侃他——贵族出身的做派让他别无他法。他在《致将军的信》中坦率承认道：

> 我是否在战争中阵亡，这对我来说完全无所谓。我曾爱的一切究竟会存余几何呢？我指的不仅是人，而且是风俗，不可替代的行动者，某种精神光亮……存留下来的事物对我来说完全无足轻重。重要的是对事物的布局。文化是看不见的财富，因为它并不指事物，而是指将事物联系起来的不可见的纽带：的确如此，别无其他。

人们会把整套的上好的乐器分发给我们，可是音乐家将在何方呢？我若在战争中阵亡，这并不会让我挂怀……可是，如果我活着返乡，终于摆脱了这"必要而费力不讨好的营生"，那么，我只会面临一个问题：还能对人说什么，还应对人说什么？[165]

在生命终结之际，圣埃克苏佩里试图用双重回答来解决所有问题里的这一重中之重。这一双重回答归根结底只是最后一次彻底展现他生命中的核心对立状态，并不能将之克服："小王子"返回"玫瑰"身边，坠落了的"飞行员"重又飞升上天——这样的"结束"并不成其为"结束"，这样的末尾没有给出任何解释。圣埃克苏佩里生命中的回溯与前进在此彻底分道扬镳，不相和解、互不相干。日益逼近的灾难原本蕴含着的机遇、可能性，即"小王子"与"飞行员"融合为生命整体，彻底错失掉了；倒是俄狄浦斯情结的迅猛发展一定程度上占了上风：返归母亲的世界以及必然为此付出的代价（死亡）。面对分崩离析的世界，圣埃克苏佩里渴望回到童年，他在写给母亲的最后一封信——上文已摘引——里诉说的愿望，我们必须理解为句句实话：他最渴望的莫过于重返母亲怀抱，永远在她身边扮演着"小王子"角色；他将是她心爱的大男孩，不会再做孩提时代的"蠢事"——"绵羊"一直被拴上"口套"。如今，许多年之后，他已足够成熟，终于懂得爱"玫瑰"，相信她是对的。这是个美妙的梦想，这一愿望却相当于面对生命时的彻底听天由命和宣告投降——圣埃克苏佩里毕竟很骄傲，还会最后一次为自己已成年的男人气概拼搏。我们也必须在此意义上阐释"小王子"的死：圣埃克苏佩里曾努力彻底抑制自己的回溯式返回童年的向往；他没有将"孩子"形象融入自己内心，而是最终将之派往乌托邦，却还没忘了请求读者：如果遇见"小王子"，为他指明解决之道——这显然是在求救，却为时已晚。地球上的人日后将会并只想遇见"飞行员"。"小王子"死了——"要塞"统治者永生。[166] 这种二律背反导致对立，与其说解决了问题，毋宁说引发了问题。

在"沙漠之城"与天上的"耶路撒冷"之间

†

我们深入分析了《小王子》,以便回答下述问题:20世纪的这部最重要的童话作品多大程度上可被视为一场梦,这场梦治愈我们意识的分裂状态;多大程度上可被视为一条路,这条路把我们从精神的黑暗引向光明;多大程度上可被视为一个地点,心灵在此能够重新找到自己。

我们从分析中得出的结论缺乏希望、不容乐观。相较于卡夫卡的"反童话",圣埃克苏佩里的作品无疑是沙漠中的一片绿洲;相较于卡夫卡"城堡"冰雪严寒的迷惘失落,他的"要塞"犹如一座鲜花盛开的花园。他的世界观包含着中肯的批评、独到的视角,就其质疑的激进程度而言,具有预言性质;这些质疑是通过富于表现力的文学艺术表达出来的,具有令人如痴如醉的魅惑力。他的作品还尤其蕴含着对价值的意识——人类若想继续存活下去,就必须拯救这些价值;他的作品努力通过个人的付出与佐证支撑起摇摇欲坠的人性基石。这恐怕已是人能做到的极限了。尽管如此,圣埃克苏佩里的作品缺乏关键性的元素:综合力。

从哲学角度来看,圣埃克苏佩里没有能力从精神上克服"我们时代的形而上学处境"[167];他厌恶"逻辑"的步步推理,分析理性的复杂证明,这迫使他建立突兀的不证自明机制,这一机制拒绝系统考察具体存在的问题,并通过论据确保所提出的解决路径是合理的。他无疑高瞻远瞩地给出了非常值得关注的"高空俯瞰图",这却无法取代"在地面上"的开天辟地工作;圣埃克苏佩里的思想虽然极富文学象征的表现力,其实始终流于抽象,难以为历史现实提供富于意义的阐释。逃离具体现象,在现实面前的"接触恐惧症",将精神综合转化为无端的见解,这一切的原因并不在于缺乏思考的明晰或逻辑的一以贯之,更多源于心灵取向的深刻纠结状态。从心理学角度来看,圣埃克苏佩里不可以企及他所追求的;他懂得了害怕他所热爱的,他不得不对可能给予他支撑与安宁的一切避之唯恐不及,于是,他必须飞离他所渴望的一切,必须否定他最渴望的一切。倒过来的情形同样成立:什么在对他进行否定,他就必须对之肯定；什么在对他构成威胁，他就必须将之寻觅；什么与他相悖，他就必须以之为磨砺成长起来——这是一场没有休憩的抗争，一则英雄神话，在他童年时令他感到窒息的"大蟒蛇"，在他成年后带来死亡，给他解脱。心灵中本该形成整体的一切，在这种心理纠结状态中分裂开来——一方面是孩童式的爱与柔情所蕴含的忧伤惆怅，另一方面是普罗米修斯式的自我塑造所具有的"男性"阳刚与孤独。针对日益蔓延开来的人性沙漠，圣埃克苏佩里在绝望中孤注一掷，以强迫心理这一心性、创造价值的意志、对行动的要求取代幸福世界。可是，"要塞"统治者的城墙足以抵御时间的摧枯拉朽吗？他的"要塞"能经受住沙漠的侵袭屹立不倒吗？

圣埃克苏佩里的主旨在于，凭借超验愿景之力，通过要求建立一座符合人性的建筑物，克服我们时代的虚无主义。必须以此目标来衡量他的作品，任何别的标尺都难以企及其作品的伟大。必须指出的是，如圣埃克苏佩里的经历与表达，只要世界的背景、存在的基础仍被恐惧感塞满堵死，就不可能出现对人类存在状态开启新意义的超越。关键问题并不在于，人们由于觉得自己渺小卑微、全然无足轻重而自恨，由于觉得自己尘埃般微小而竭尽全力与之对抗，赋予自己个体形象、稳定结构、某种价值与尊严。关键问题在于，人们如何更深刻地相信自身存在的合理性，从而克服对自身渺小卑微的恐惧感，重新找到内心的安宁尺度，造就"真正"的人的，并非由义务、行动、责任和牺牲组成的禁欲恐怖。恰好相反，一直到今天，20世纪的历史最强有力地驳斥了关于"超人""自封为神的人""代达鲁斯"的意识形态。任何强迫心理与强制力量都不能把人从自恨与恶心中拯救出来，人们永远无法摆脱一切普罗米修斯式努力所暗含的愤世嫉俗，这些努力将自己和他人塑造成崭新的、所谓更好和更伟大的人。

这原则上是关于人的存在的唯一真正关键的问题：如何让恐惧感平息下来，按《圣经》所言即"归于""尘土"[168]*。只要仍对曾塑造物体形状的手心存恐惧，害怕这双手会紧紧钳制、把人掐死，就会拼尽全力摆脱这双手的控制；就会竭尽全力逃离日益逼近的依赖感，越发要求

---

* 《旧约·创世记》第 3 章第 19 节："你必汗流满面才得糊口，直到你归了土，因为你是从土而出的。你本是尘土，仍要归于尘土。"——译者注

自己塑造自我。由于害怕外界造成的扭曲变形，由于憎恨自己仿佛无意志、无形状的一团泥，必然会给自己施加过大的压力，必然会努力从毫无价值的煤尘般存在状态中炼造出钻石的无上价值。圣埃克苏佩里的例子却似乎证明了这一努力所难免的两难困境：他暗地里日益向往不那么艰辛、备受呵护的小世界，在这世界里，只要活着就知足常乐，而"孩子"的世界与"成年人"的世界越来越相差甚远，对安于天命的向往与对自我塑造的诉求，希望自己的渺小被接受与要求自己做出丰功伟绩，这两者越来越两相背离。

要摆脱这一由向往与奋斗、"沉落到母亲身边"与"飞升至星辰之中"形成的恶性循环，只有一条出路：只要相信《圣经》在开初几页上关于创造人类的描述就行了——最初，上帝用地上的尘土造人，将生气吹在他鼻孔里，他就成了有灵的活人[*]；不必害怕世界的这一"赋予形态的母性"背景，为我们的本质打上烙印的，同时承载着我们，塑造着我们，主宰着我们的内心，锻炼着我们，保存着我们的生命；不是要克服人性——唯一应做的是找到人性。

---

[*] 《旧约·创世记》第 2 章第 7 节。——译者注

不是"要塞"统治者——是"小王子",只要他能摆脱由乱伦欲望、同性恋、关于男人气概的妄想和阉割情结组成的俄狄浦斯式偏执,他就会有力量解救"沙漠",阻止进一步"沙漠化"。

因为这一形象所浓缩的宗教遗产是正确的,圣埃克苏佩里已经相当接近下述真理了:在每个人心中,上帝的面貌等待着显现[169],每个人心中都应找到上帝造型的艺术品,每个人——无论是达·芬奇、莫扎特、莎士比亚还是你和我——的内心深处都蕴藏着关于永恒的一幅画、一首歌、一个词,这个词只能在他心中说出、奏出、绘出。我们应当潜入这最深处,达及这永恒和不可摧毁之事,它像天上繁星倒映于镜子般风平浪静的湖面一样,闪耀在爱人的眼睛里。并非"行动""严厉""强力""意志",并非米开朗琪罗对大理石块的加工劳作,而是耐心凝视、悉心倾听、心灵之间的温柔融合与自然契合,这是种艺术,将会唤醒人性的"花园",使之绽放最美的花朵。因此,重要的事不在于"塑造"与"改变",而是让一切渐趋成熟,提升至光亮中。

只有拥有充满爱的眼睛,才能在爱人身上发现无限多的美好，因爱人存在而感到的满怀敬畏的感激之情会将在爱人身边的每时每刻都转化成有虔敬之思与进行祈祷的神庙。并非"任务"将人们"焊接"在"一起"，将他们永远连接起来的是心灵的这一和谐之音，幸福的波浪起伏，快乐的浪涛震颤，这快乐以不可抗拒之力将人们裹挟至空中。为了探究爱人的价值，不是非要建造"木船"、盖起"神庙"不可。[170]正好相反：步入爱人的心灵，就如同步入一座圣殿，因为在此离上帝很近；爱人的倾慕让人觉得仿佛神性之光从高窗温暖地照进，大门这时似乎已敞向永恒之河岸——按照古埃及人的信仰，这就像岸边的太阳舟已准备就绪，只需乘着爱之波涛，就能抵达那个世界——我们称之为"另一个""彼岸"的世界，因为在这处于时空之外的世界里，相爱者的心灵永远融合在一起，不同于尘世的情形，他们的心灵在此可以并且必须永相融合、永相依偎。

因此，最终必须在关于"沙漠之城"的愿景与《圣经》中关于"天上的耶路撒冷"的愿景之间做出最终的抉择。

"沙漠之城"的城墙建造于历史的流沙之上，城里高塔耸立，顽强对抗着尘土的易朽；炙热的沙漠之风吹遍大街小巷，风的热浪灼烧着人们干渴的心灵和嘴唇；他们的形体仿佛在锻炉里一样熔化了，逐渐变成新的形状，又变得丰润；他们之所以"有价值"，是因为他们处于"交换"之中，是"结点"的组成部分，是砌成金字塔的方石、神龛上的装饰，他们自己的内在则是虚空的。在此，爱某个人意味着，通过必不可少的忍受匮乏与付出牺牲，方才将之塑造为人，锻造成"王国"的一员。

与此相反，早于《圣经》出现一千五百年，古埃及人在尼罗河畔的绿洲仰望天空，发现夜空繁星映照出他们的小世界，只不过，这世界在满天繁星中被提升至无限、永恒；尘世中，开罗古老的草屋与宫殿叠映于苍穹并延展开来[171]，珠宝似的装点着天空之神努特的夜衣；在清晨的叠影里，开罗东方的心灵山脉上伫立着黑夜的同伴，月神托特的头似狒狒的孩子，他们在喧闹的祈祷中吟唱生命的升起、太阳重生之景[172]；在天空中叠映出的尼罗河畔，女仆们走向井边，商人们走向集市，孩子们走向学校，这一切都洋溢着无尽尊严、永恒意义和光亮的不朽之美：每个人身上都在昭示着永恒，因为世上一切只是天空之镜，幸福的前奏、爱的魔法此时已在此世与彼世、死亡与不朽之间架起桥梁。

《新约》采用并证实了"天上的耶路撒冷"这一愿景画面，从而也为基督教指明了同样的信仰方向："我又看见圣城新耶路撒冷由神那里从天而降，预备好了，就如新妇妆饰整齐，等候丈夫。"* 我们的希望景象恐怕只描绘于此世的镜像中；不过只要心中有爱，就能在此刻将尘世的一切视为对我们永恒故乡的昭示和许诺。当我们感到幸福时，永远不是要奋力冲向天宇，因为在爱的幸福中，天空仿佛已降临尘世，天空的赐福似乎把在相爱者之间建起联系的一切包裹得严严实实。当整个世界开始歌唱，在对柔情蜜意的吟唱中变得无比美妙，尘世的一部分这时已变成天堂的一部分。我们虽然不免一死，可是，只要我们对爱的每个词永志不忘，爱本身为何不应证明我们所爱之人的不朽呢？一旦世界变成对爱的不朽歌唱，人们就会感觉到，上帝自己开始说话，"我听见有大声音从宝座出来说……"帕特莫斯的先知说，"看哪，神的帐幕在人间。"** 我们凭凡夫俗子之眼无法看见上帝，但是，我们将在心中

---

*　《新约·启示录》第 21 章第 2 节。——译者注
**　《新约·启示录》第 21 章第 3 节。——译者注

感觉到他——他是爱的威权，正如在尘世间爱人的眼中重又认出他来。因为我们将会重逢。这是爱——爱就是上帝自身——给我们的教诲。

这是否回答了我们时代所提出的各种挑战呢？当然不会如此简单。尽管如此，我们的思考由此才能趋于平静，成为整体，这一整体使我们看事物的眼光更具融合性。或许不久就会有人在生命终结时对我们发难，为了对抗时代的困境，我们曾有何为，而我们曾做的一切不够多；或许有人会问，关于时代的主导理念，我们领会了多少，对于时代的谬误，我们推翻了多少，而我们将不得不说，我们在发展上倒退了好几代人，在自己的思想中无所把持，面对人们提出的问题茫然失措；可是如果有人问，究竟为什么来这世界走了一遭，那么，希望我们能够回答：我们曾努力用爱的眼睛去看世界。[173] 我们在自己内心的沙漠中重又找到了"小王子"；我们在生命中曾遇到过一些眼睛，这些眼睛凝视我们的时候仿佛看向通过永恒的窗户。我们曾一起登上小舟，这艘船将我们共同带至彼岸。古埃及人说得对：在爱的眸子里，整个世界仅是永恒之面纱、永恒之光彩、永恒之影。[174]

注 释

†

为了摘引方便,出自《小王子》的引言和佐证信息均源于卡尔·劳赫出版社 1956 年的版本(出版地:杜塞尔多夫),译者:莱特格布兄弟(G. u. J. Leitgeb);圣埃克苏佩里的所有其他作品均引自德国袖珍书出版社 1978 年的三卷本《圣埃克苏佩里全集》(出版地:慕尼黑,书号:5959)。

1　圣埃克苏佩里:《要塞》,第 147 节,全集第二卷,第 415 页。
2　这类似于莎士比亚的《仲夏夜之梦》第五幕第一场的末尾。
3　圣埃克苏佩里:《要塞》,第 125 节,全集第二卷,第 368 页。
4　同上,第 78 节,全集第二卷,第 256 页。
5　弗兰茨·卡夫卡:《城堡》,柏林,1935 年;新印刷版:法兰克福(费舍尔出版社,袖珍版 900 号),1968。卡特(C. Cate)在著作《安东尼·德·圣埃克苏佩里——其人其时代》(第 403—404 页)中已将卡夫卡《城堡》中的孤独与"小王子"在其星球上的孤独加以对照,指出,与后者紧密相关的是对上帝遥不可及的体验。圣埃克苏佩里写道:"当我们年纪还太小,尚且在寻找避难所时，就必须戒掉对上帝的信仰，于是，我们现在不得不像孤独的小男孩一样独闯人生。"转引自卡特同一本书，第 404 页。

6 关于《要塞》的最早介绍，可参见埃斯唐（L. Estang）的著作：《圣埃克苏佩里》，自 67 页起。阿尔伯雷斯（R. M. Albérès）在《圣埃克苏佩里》一书中提出的关于《小王子》的见解很在理："这是一本奇异和令人着迷的书，比关于仙女的小说（童话）更感人"——这本书也可被视为典范，以便我们知道"在我们这个世纪应当如何为孩子"写作。——勒‐希尔（Y. Le Hir）在《圣埃克苏佩里的〈小王子〉的神秘幻想》（第 22—23 页）中正确指出，圣埃克苏佩里继承了经典童话，细节上也是如此，例如，（第 35 页）当"国王"对"小王子"说"靠近一点，让我好好看看你"，这是童话《小红帽》里狼说的话；或是（第 40 页）当"小王子"对虚荣者说道"您头上的帽子很古怪"，这采用了"小红帽"对"狼"或乔装成外婆的狼提出的问题。

7 更早述及这一形象的作品，可以想到的是 E. T. A. 霍夫曼（E. T. A. Hoffmann）的小说《陌生孩子》，载于《谢拉皮翁兄弟》五卷本作品集，编者：施佩尔克尔克特（G. Spiekerkötter），第四卷，第 222—258 页。

8 按照词源学，"恶"（Das Böse）这个词源于 bhou——骄傲自大；关于恶如何由恐惧引发，参见拙著《恶的多种结构》，第 3 卷，（扩展版）1980 年，第 LXXVI 至 LXXVIII 页。

9 "伪装立面"这一概念出自阿蒙（G. Ammon）的论文：《自杀事件的心理动力学》，载于阿蒙：《关于动力心理分析学的手册》，第 1 卷，第 779 页。

10 《新约·约翰福音》第 8 章第 1—11 节。

11 陀思妥耶夫斯基：《白痴》，第 1 部分，第 6 章，法兰克福（费舍尔出版社袖珍版 1261 号，两卷本），1971 年，第 1 卷，第 82—92 页。

12 乔治·贝尔纳诺斯：《乡村牧师日记》，第 157—182 页。

13 "具有神性的孩子"是原型意象，作为意识与无意识的对立统一关系的结果，它在心理学和神学意义上均反映出至今未曾活过，却正在苏醒为新生命的存在。参见荣格（C. G. Jung）、凯雷尼（K. Kerényi）《神话学与心理学观照下的具有神性的孩子》，阿姆斯特丹/莱比锡，1940 年。——值得注意的是，在尼泊尔的库玛丽女神崇拜中，幼女被视为保护女神塔莱珠的化身，至今仍在进行着对具有神性的孩子的敬拜。参见科赫（P. Koch）、施太格缪勒（H. Stegmüller）的著作：《神秘的尼泊尔——佛教与印度教的庆典》，慕尼黑，1983 年，第 103—114 页。

14　圣埃克苏佩里：《风沙星辰》，全集第一卷，第 339 页。——劳赫（K. Rauch）在《安东尼·德·圣埃克苏佩里——其人其作》（第 51 页）一书中出于同一目的摘引了这一段；可他和所有传记作者一样没有进一步探究，关于被摧毁的生命的这一意象，在多大程度上必然也适用于圣埃克苏佩里自己及其思考。

15　圣埃克苏佩里：《小王子》，第 27 页。——Y. 勒-希尔（Y. Le Hir）在《圣埃克苏佩里〈小王子〉的神秘幻想》（第 27—28 页）一书中正确指出，"大人们"就是那些"丧失了心灵的清新、经历与判断的即兴自发"的人，"他们所了解的仅仅是各种价值所构成的物质秩序，由于对美与诗毫无兴趣，他们的所有感官已尽皆死去"；就此而言，"大人们"并不单单意味着"成年人"，而是与"孩子"相对的类型；两者均反映了人的基本主张。

16　依照叔本华在扛鼎之作《作为意志与表象的世界》中从认识理论角度提出的二分法，载于《叔本华全集》，第二和第三卷。

17　圣埃克苏佩里《小王子》，第 38 页。

18　陀思妥耶夫斯基在《白痴》（第 3 部分，第 7 章，载于第二卷，第 104 页）中说得很有道理："你们应该知道，当人认识到自己的微不足道和无能为力时，存在着关于耻辱的边界，人不可逾越这一边界，一旦越过，他就会自暴自弃，开始在耻辱中甘之如饴……"

19　索伦·克尔凯郭尔在《致死的疾病》（自 48 页起）一书中将"软弱的绝望"与"违抗的绝望"两相对立；关于克尔凯郭尔作品中的"绝望"概念，参见拙著《恶的多种结构》，第 3 卷，第 487—492 页。

20　亨利克·易卜生的《野鸭》（第五幕，戏剧第二卷，第 250—251 页）剧末是瑞凌的评论，他说雅尔马·艾克达尔会沉溺于女儿之死的悲痛中，沉浸在赞美自己、怜惜自己的感伤的糖水蜜汁里。

21　陀思妥耶夫斯基在《罪与罚》（第一部分，第二章，第 13—31 页）中如此描述意志薄弱的酒鬼马美拉多夫。

22　关于癖好的恋物性质，参见拙著《心理分析与道德神学》，第三卷：《在生命的边界上》，美因茨，1984 年。

23　拙著《致命的进步》（第 90—110 页）描述了生物在西方基督教文化的世界图景中的无权状态。

24　J. 雷姆·迪尔（J. Lame Deer）、R. 厄多斯（R. Erdos）：《塔卡·乌斯特——苏人族医师》，慕尼黑，1979 年，第 139 页。

25　同上，第 92 页。

26　同上，第 50 页。

27　雷歇斯（K. Recheis）、拜德林斯基（G. Bydlinski）：《你知道吗？树在说话——印第安人的智慧》，第 93 页。

28　例如，圣埃克苏佩里在《风沙星辰》中写道，他在快渴死的时候，仍很钦佩狐狸的智慧，因为狐狸永远不会吃光同一根树枝上的所有蜗牛，以免危及它所食动物的存活；参见拙著《致命的进步》（第 83—84 页）。

29　圣埃克苏佩里：《小王子》，第 67 页。

30　卡尔·马克思在《资本论》（第三卷，第 50 页）中提到地租是如此确定的："……地租以及土地价值会随着土地产品市场的扩大，也就是随着非农业人口的增加，随着他们对食物和原料的需求和需要的增加而发展起来。"（第六篇《超额利润转化为地租》——译者注）

31　这一意象在童话中就是"出卖灵魂"这一母题，参见格林童话《无手女孩》德鲁尔曼（E. Drewermann）、英格利特·诺伊豪斯（Ingritt Neuhaus）：《无手女孩——从深层心理学角度阐释格林童话》，第 31—32 页。

32　"生活时间"这一概念在亨利·柏格森的哲学中具有重要地位，参见《试论意识的直接材料》（1889），载于《物质与记忆》（1896 年，自 234 页起）。柏格森指责道，物理学建构了关于时间的抽象和无限可分性的理想模式，这仅仅是聚焦与区分的结果,与事物本身无关,只有在对形成过程的聚焦中,才能为人的干预提供肇端。以量子机械学形态出现的物理学本身确实已克服了爱因斯坦的广义相对论中所提出的时间的几何化;参见 L. 德布罗意(L. De Broglie):《现代物理学以及柏格森的"时间"与"运动"概念所蕴含的观念》,载于《光亮与物质》,法兰克福,1958 年,第 166—181 页。

33 "受外界掣肘"(Außenlenkung)概念源于里斯曼(D. Riesmann)的著作《孤独的大众》(第 137 页),他将"受外界掣肘的人"定义为:认为自己的所作所为全是为了"把其他人应付完毕"。里斯曼将受外界掣肘的状态对立于受内心引导和受传统引导的生活方式。

34 斯蒂芬·茨威格的传记小说《麦哲伦航海纪》,维也纳,1938 年;新印版:法兰克福(费舍尔出版社袖珍本 1380 号),1977 年,自 145 页起。

35 参见索伦·克尔凯郭尔在《瞬间》(全集第二卷,第 392—394 页)的"我的任务之艰难"部分控诉道,官僚化和职位化的基督教是在"刑事犯罪""贩卖灵魂""制造假币"。

36 参见尼采:《历史学对于人生的利弊》,载于《不合时宜的沉思》(第 110 页)。尼采在此提到"历史学家的虚荣心",他们用"客观性"概念来掩盖自己的"平庸"和"头脑偏狭",只是为了避免采取艺术手法和满怀热爱地沉浸到经验式数据中,避免用文学手法继续撰写关于已有类型的历史。

37 圣埃克苏佩里:《要塞》,第 150 节,全集第二卷,第 423 页。

38 索伦·克尔凯郭尔在《恐惧与战栗》(第 19 页)中将"信仰"确定为"对尘世生命"的信赖;关于克尔凯郭尔作品中的"信仰"概念——"作为无限性的双重运动",参见拙著《恶的多种结构》,第 3 卷,第 497—504 页。

39 圣埃克苏佩里:《小王子》,第 58 页。

40 同上,第 61 页。

41 圣埃克苏佩里:《致将军的信》,全集第三卷,第 221 页。

42 同上。

43 同上,全集第三卷,第 225 页。

44 同上,全集第三卷,第 227 页。"人性沙漠"这一意象确实让人联想到尼采的《查拉图斯特拉如是说》第四部分,《在沙漠的女儿们中间》,第 234—238 页:"沙漠在生长:蕴藏着沙漠的人,是多么可怜!"

45 同上,全集第三卷,第 227—228 页。

46 同上,全集第一卷,第 332 页。

47 《圣经》中,摩西、伊利亚斯、受洗约翰、耶稣都在沙漠中酝酿着上帝的真理。勒-希尔(Y. Le Hir)在《圣埃克苏佩里的〈小王子〉的神秘幻想》(第 48—49 页)中正确指出,《小王子》在细节上的象征主义是读者一下子就能看明白的,能够"引发精神性的生命";"沙漠""不仅象征着内心生命的中间层次;基于它的物质现实性","它也是在沉默与孤独中与上帝相遇这一事件发生时备受青睐的框架"。遗憾的是,由于勒-希尔显然不了解心理分析对象征所下的定义,没能继续剖析别的象征。

48 《古兰经》第 5 章第 4 节,文本源于穆罕默德的麦地那时期,将"伊斯兰",即"对真主的奉献",宣称为宗教本身。("他们问你准许他们吃什么,你说:'准许你们一切佳美的食物,你们曾遵真主的教诲,而加以训练的鹰犬等所为你们捕获的动物,也是可以吃的;你们放纵鹰犬的时候,当诵真主之名,并当敬畏真主。真主确是清算神速的。'"参见 L. Gardet:《伊斯兰教》,第 21 页。——译者注)

49 圣埃克苏佩里:《要塞》,第 138 节,全集第二卷,第 397 页。

50 基督教建筑中的象征物是位于教堂入口处的圣洗盆:人步入这片圣地,就仿佛下到世界之井、西海之中,以便将肤浅的"尘世"观照抛在身后,在深沉的真理中重获新生,重焕青春,返回人世。这一母题在格林童话《霍勒大妈》中描述得最美;参见德鲁尔曼(E. Drewermann)、英格利特·诺伊豪斯(Ingritt Neuhaus):《霍勒大妈——从深层心理学角度阐释格林童话》,第三卷,出版地:奥尔登堡/弗莱堡,1982 年,第 32—35 页;第 50 页,注释第 49。

51 蛇的象征意蕴代表着偶然无常,介乎白天与黑夜、光明与黑暗、陆地与海洋、显意识与无意识、善与恶、存在与虚无之间的过渡状态,参见拙著《恶的多种结构》，第 1 卷，（扩展版）1979 年，第 LXV 至 LXXVI 页；第二卷，第 69—111 页。—— 当人生处于山穷水尽之际，自然提供最后一条恩典之道：死亡，参见拙著《关于自杀问题或自然所提供的最后的恩典》，载于《心理分析与道德神学》，第三卷：《在生命的边界上》，美因茨，1984 年。

52 参见德鲁尔曼（E. Drewermann）、英格利特·诺伊豪斯（Ingritt Neuhaus）：《金鸟 —— 从深层心理学角度阐释格林童话》，第三卷，出版地：奥尔登堡 / 弗莱堡，1982 年，第 39—40 页。

53 普鲁塔克（Plutarch）记述的古埃及司阴府之神奥西里斯的神话，刊载于罗德尔（G. Roeder）：《古埃及宗教文献》，出版地：耶拿，1915 年，第 15—21 页（第 14 及 17 章）；关于阿努比斯的相貌，参见黑尔克（W. Helck）：《古埃及 —— 古埃及人的神话》，载于：豪西希（H. W. Haussig）（编者）：《神话辞典》，第一卷：《小亚细亚的神祇与神话》，出版地：斯图加特，1965 年，第 334—336 页。

54 关于萨满教徒的阴界之旅，参见芬代森（H. Findeisen）、格茨（H. Gehrts）：《萨满教徒 —— 狩猎助手和咨询师、灵魂慰藉师、传信使者和医师》，出版地：科隆，1983 年，第 112—125 页（关于萨满教徒的谱系和升天之途）以及第 226—244 页（大地之子及其妻子、天空之女的讲述）。《格林童话》中最明显地与这一模式相符的当属《水晶球》故事；参见德鲁尔曼（E. Drewermann）、英格利特·诺伊豪斯（Ingritt Neuhaus）：《水晶球 —— 从深层心理学角度阐释格林童话》，第六卷，出版地：奥尔登堡 / 弗莱堡，1985 年。

55 例如，童话《白雪少女和玫红少女》中的熊；参见德鲁尔曼（E. Drewermann）、英格利特·诺伊豪斯（Ingritt Neuhaus）：《白雪少女和玫红少女 —— 从深层心理学角度阐释格林童话》，第四卷，出版地：奥尔登堡 / 弗莱堡，1983 年，第 30—35 页。

56 圣埃克苏佩里：《要塞》，第 125 节，全集第二卷，第 366—367 页；参见第 126 节，全集第二卷，第 372 页。

57 同上，第 138 节；全集第二卷，第 396—397 页。

58 同上，第 135 节，全集第二卷，第 387 页。

59 圣埃克苏佩里：《小王子》，第 75 页。
60 圣埃克苏佩里：《风沙星辰》，第八章：《干渴》，第 6 和第 7 节；全集第一卷，第 304—318 页。
61 《旧约·诗篇》第 23 章第 2 节。
62 参见格林童话《生命之水》，这则童话的内容和结构与童话《金鸟》有诸多共同点；参见注释 52。在《新约》中，法利赛人与雅各井边的妇人（《新约·约翰福音》第 4 章第 1—42 节）可做比较，法利赛人还可部分地与毕士大池旁的瘫痪病人（《新约·约翰福音》第 5 章第 1—9 节）做比较；《旧约》中尤其可参见《以西结书》第 47 章第 9 节。
63 圣埃克苏佩里：《小王子》，第 72 页。
64 参见拙著《关于自杀问题或自然所提供的最后的恩典》，载于《心理分析与道德神学》，第三卷：《在生命的边界上》，美因茨，1984 年。
65 佛陀（《自说经注》，第 8 章第 8 节）在富裕的市民之妻鹿母优婆夷（她的孙女夭折）的宫殿中解释道：悲苦，也有痛楚和怨叹 / 这世上显现样态无限，/ 这仅仅因为我们有所爱，/ 你若无所爱，就无悲苦可言。/ 遂成快乐者，摆脱苦海者，/ 对他们而言，世上无所爱。你若渴望没有痛楚的净土，/ 那就当心，在这世上无所爱。

译者：奥尔登伯格（H. Oldenberg）；载于格拉森纳普（H. V. Glasenapp）：印度文献［文学手册，编者：韦尔第尔（O. Walzel）］，出版地：韦尔德帕克 / 波茨坦，1929 年，第 132 页。
66 参见拙著《关于时间之环中的安全感》，载于《恶的多种结构》，第 1 卷，（扩展版）1981 年，第 378—389 页。
67 关于玛雅人日历的结构与哲学，参见汤普森（J. E. S. Thompson）：《玛雅文化——一种印第安文化的兴衰》，第 256—269 页；科登（W. Cordan）：《波波尔·乌——玛雅人的神话与历史》，第 182—189 页。
68 圣埃克苏佩里：《风沙星辰》，全集第一卷，第 335 页。
69 尤其参见加缪：《西西弗斯神话》，第 18—19 页。

70 尤其参见马塞尔（G. Marcel）:《关于现象学和希望形而上学的构想》,载于:《希望哲学——超越虚无主义》,慕尼黑（List 袖珍版 84 号）,1964,第 70—71 页,他指出"希望与爱之间的紧密关联"。

71 伦尼格（W. Lennig）:《埃德加·爱伦·坡的自证材料和图片资料》,汉堡（RM 出版社 32 号）,1959 年,第 138—139 页;第 148—150 页。

72 埃德加·爱伦·坡:《十卷本全集》,编者:舒曼（K. Schumann）和穆勒（H. D. Müller）,奥尔滕堡,1976 年,全集第九卷,第 189—191 页。

73 《新约·约翰福音》第 14 章第 1—4 节。(第 3 节:"我若去为你们预备了地方,就必再来接你们到我那里去,我在哪里,叫你们也在哪里。"——译者注)

74 加德纳（A. Gardiner）:《古埃及语语法——象形字研究入门》,牛津,1957 年,第 568 页:mnj= 着陆,象形字的写法是一个躺在地上的男子或一具躺着的木乃伊,意思是:死亡。

75 加德纳（A. Gardiner）:同上,第 563 页;第 576 页。

76 约瑟夫·冯·艾兴多夫:《作品选集》,编者:施塔普夫（P. Stapf）,两卷本:《诗歌与小说》。长篇小说《预感与现实》,威斯巴登（"经典文学圣殿"系列）,第 265 页:《格言》。关于圣埃克苏佩里与尼采的关联与相近之处,参见埃斯唐（L. Estang）:《圣埃克苏佩里》(第 25—26 页)。

77 诺瓦利斯在诗歌《致朱丽安》[作品集,编者:舒尔茨（V. G. Schulz）,修改版,慕尼黑,1981 年,第 84—85 页]中写道:我无限欢欣 / 做你生命的伴侣 / 深深感动 / 享你修养的奇迹—— / 我们至亲般紧密结合在一起, / 你属于我,我属于你, / 我在众花里择出这唯一, / 她也只把我选中, / 这一切要感谢那甜蜜之心, / 是它赐予我们爱意柔情。 / 啊！让我们对他衷心膜拜吧, / 我们因此身心相依永不分离。 / 只要他的爱将我们永远承载, / 我们的联姻就不会遭到破坏。 / 在他的身旁我们可以 / 从容承受生命的负累 / 满心欢愉地说道: / 他的天国此即开始, / 当我们在此消逝, / 我们将重逢于他的怀里。
关于诺瓦利斯与 13 岁的索菲·冯·库恩之间（Sophie von Kühn）的恋情,参见贝茨（O. Betz）:《诺瓦利斯——与秘密鼻息相通》,弗莱堡（赫尔德出版社，袖珍版 773 号），1980 年，第 13 页。

78 关于尼采的童年经历与圣埃克苏佩里幼年期心理状态——我们在此重构了后者——的类似之处，从弗仑策尔（I. Frenzel）的著作《尼采》（第 8—16 页）中即可发现，他在谈到尼采的童年经历，也过度渲染教育中女性的溺爱，另外还有同样的孤独，（具有同性恋色彩）的另类性，之后在回忆中对父母家庭的美化，作为生命主线的"男性抗争"。

79 例如，格林童话《生命之水》或《蓝光》。——卡尔·古斯塔夫·荣格（C. G. Jung）的弟子似乎有一个根深蒂固的偏见，即无论如何也要将童话性质的故事认作"融合性的"。《小王子》的末尾显然是"孩子"与"飞行员"的分离，埃斯唐（L. Estang）在著作《圣埃克苏佩里》（第 18 页）中说得很中肯："小王子一直躺在沙地上，一心想成为新形象：大统治者的形象、要塞建造者的形象。"与此相反，海姆勒（A. Heimler）在《小王子》（载于《自我经验与信仰》，第 246 页）中将"小王子"的"返家"视为"自我融合的顶点"，"……面对……死亡之际，克服恐惧和找到你的路途"。

80 关于这一布局的深层心理学意义，参见拙著《深层心理学与释义》，第一卷：《形式的真理——关于梦、神话、童话、传说与传奇》，出版地：奥尔登堡/弗莱堡，1984 年，第 198 页。

81 A. 奎恩在《与天使斗争——一个男人的一生》（第 8—9 页）一书中描述道，一位失败了的伟大演员恳求着说："小男孩，帮帮我……帮帮我，否则我俩都会淹死。"当"演员"找到爱时，"男孩"随即消失不见（第 344—345 页）。这里的"男孩"离去意味着他的融合；而在圣埃克苏佩里的作品中，"小王子"的出现仿佛陌生访客，虽然讨人喜欢，其实却是在打搅"飞行员"，"飞行员"一直忙着修理"飞机引擎"时，他没帮上一点忙。他的"离去"是真正的分裂，力比多的回溯式返童倾向与自我分裂这两种状态的交相混合。

82 圣埃克苏佩里：《小王子》，第 8 页。

83 关于"屏蔽记忆"这一概念及定义，参见拙著《深层心理学与释义》，第一卷，第 350—368 页。

84　关于"蛇"与"女人"在象征意义上所形成的统一体，参见纽曼（E. Neumann）：《伟大的母亲——关于潜意识的女性塑造现象学》，出版地：奥尔登堡，1974年，第143—145页；关于地球、月亮、蛇、女人、生殖力所形成的统一体，参见拙著《恶的多种结构》，第二卷，第69—87页。——海姆勒（A. Heimler）在《小王子》（载于《自我经验与信仰》，第200页）中正确指出，蛇象征着一场"童年噩梦"；可他随即抛却这一见解，完全无凭无据地将之联想成"夜里哭着叫妈妈"的孤单孩子。事实恐怕正好与此相反。海姆勒的诠释更误入歧途的是，先将蟒蛇所代表的抽象普遍性视为某种"在世上存在的状态"，接着重又十分随意和具体地将之诊断为"军备竞赛"和"经济竞争"。

85　例如，在童话《两兄弟》（KHM 60）或——稍有变异地出现在——《水晶球》（KHM 197）中；参见德鲁尔曼（E. Drewermann）/英格利特·诺伊豪斯（Ingritt Neuhaus）：《水晶球——从深层心理学角度阐释格林童话》，第六卷，出版地：奥尔登堡/弗莱堡，1985年。

86　圣埃克苏佩里：《小王子》，第26页。——和绝大多数传记作者一样，德·克里斯诺伊（M. De Crisenoy）在《安东尼·德·圣埃克苏佩里》（第64页，70页；第175页）一书中认为，"小王子"的"玫瑰"代表着圣埃克苏佩里对自己初次订婚时期的回忆："圣埃克苏佩里，他对友谊有如此令人难忘的描写，从此再也不在作品中描写爱。——不！十五年后，小王子将爱上一朵玫瑰，一朵爱慕虚荣、神秘莫测的花。"尽管在《南线邮航》一书中，贝尼斯与杰纳维耶芙之间的关系无疑以作者初恋的失败经历为原型，但是，在诠释《小王子》这一"圣埃克苏佩里灵魂世界的真正暴露"时，如果不首先讲清楚"返回"母题——小王子（圣埃克苏佩里还是个孩子时！）为何回到"玫瑰"身边，就无法给出令人满意的诠释。

87　圣埃克苏佩里：《小王子》，第26页。

88　同上，第11页。

89　在深层心理学意义上，"星球"的圆球形状可理解为女性乳房的象征；只有这样诠释，才能理解"小王子"为何在他的"星球"上显然从未受过饥渴之苦，即便他待在地球上时，他仍具有这一能力，这让飞行员颇为惊讶。"小王子"为何如此无需求，这一现象的潜藏原因必定是口唇期的过度满足，他的渺小身形和"各星球"相对较大的面积更加凸显出这一点。尤其为了理解"小王子"在其"星球"上为何形单影只、孤独寂寞，就必须将整个"星球"看作关于母亲的（口唇）象征，母亲不仅是而且对孩子来说意味着整个世界，却不被视为独立位格。

90 "清扫"火山是非常明显的"肛门"行为，"火山堆"的时而爆发不仅意味着"不洁"（拉出粪便），而且可能象征着人生第一个抗拒阶段的攻击性冲动。"小王子"先前怀有的歉疚感是口唇和抑郁性质的，如今，从神经心理学角度来看，还出现了严重的强迫心理神经质特征——这一人格图像尤其在《要塞》一书中可以处处找到证据。泽勒（R. Zeller）在《从"小王子"寓言看安东尼·德·圣埃克苏佩里的生活秘密》（自第93页起）一书中指出，"火山"代表着"爱"与"希望"——这一观点当然无凭无据。

91 埃斯唐（L. Estang）在《圣埃克苏佩里》（第151页）书中的"生命年鉴"部分提到，1904年，母亲带着三个女儿和两个儿子离开在里昂的住所，安东尼从此在两座城堡度过童年，这两座城堡分别属于姨妈和外祖母。参见谢弗希耶（P. Chevrier）：《圣埃克苏佩里》，第17页。没有一位传记作者认为值得探讨：对于圣埃克苏佩里来说，这些变故导致了怎样的内心冲突。泽勒（R. Zeller）在《从"小王子"寓言看安东尼·德·圣埃克苏佩里的生活秘密》（第31页）一书中虽然提到圣埃克苏佩里的孤独（"孤独盘踞在他心头"，第34页），并指出（第25页）："他一直深感孤独"——整个世界最后都在发出回声，回荡着"小王子"的那句话："我很孤独"（圣埃克苏佩里：《小王子》，第61页）。不过，泽勒却和所有传记作者一样，只对这孤独进行现象学观照，而非心理学意义上的探讨，如此一来，因果被倒置：圣埃克苏佩里的孤独被拔高为"对无限性的向往"（泽勒，同上，第34页），书中甚至提到"飞行员对其精神孤独的信赖"（第31页）。如果仍要从生平与心理学意义上建立"小王子"与"玫瑰"

的关联,某些阐释者认为,"玫瑰"或许代表着圣埃克苏佩里关于与第一个未婚妻解除婚约的回忆;埃斯唐(L. Estang)在《圣埃克苏佩里》(第24—25页)一书中就持上述观点;尽管埃斯唐也承认(第22—23页),"玫瑰"星球既然代表着圣埃克苏佩里的童年,就不可被视为他的订婚时期;此外,"小王子"的"返回"只适合于圣埃克苏佩里生命中的"一个"女人:母亲;说到底,即便和恰恰是在情窦初开的青春恋爱阶段,对母亲的回忆最为鲜明地重又浮现于脑海,关于圣埃克苏佩里初恋失败的原因恐怕也在于与恋母情结相同的心理纠结;参见注释第124。关于圣埃克苏佩里的生命年鉴,参见卡塞尔(P. Kessel):《圣埃克苏佩里的生活》,第6—27页(童年与青年时期)。

92 圣埃克苏佩里:《小王子》,第30页。——海姆勒(A. Heimler)在《小王子》(载于《自我经验与信仰》,第204—205页)中正确指出,"小王子"对"玫瑰"忧心忡忡,这一表象背后隐藏着的是"对这朵花不被容许的攻击性","对口唇(言语)攻击的担忧"确实存在,海姆勒在此却也没有充分运用这一认识,而是将"小王子"与"玫瑰"之间的关系冲突看作"显意识"与"无意识"之间的冲突,尽管他也认为(第214页),"与现实中的某位女性相遇"实属可能。

93 圣埃克苏佩里:《小王子》,第28页。——海姆勒(A. Heimler)在《小王子》(载于《自我经验与信仰》,第204—205页)一文中指出,"绵羊"是另一种形式的"蟒蛇",后者"通过不懈的自我努力,变成了小绵羊";什么是不懈的自我努力,这谁也不明白,姑且撇开这不谈,这一让人不明就里的类型化象征诠释更多的是造成,而非解决了理解上的困难。"绵羊"的真正问题在于"口套"和对"玫瑰"构成的威胁;应当以此作为出发点进行诠释。

94 圣埃克苏佩里:《小王子》,第12页。

95 同上,第28页。

96 同上。

97 内法特穆的本意是"全然完美者""绝对美丽者",正如金字塔内壁文本所写,是"鼻尖上的那朵莲花"。基斯(H. Kees):《古埃及的众神信仰》,第89页。

在新帝国中，普塔神、赛克麦特女神、那夫提木神构成典范式的三柱神。

98 埃斯唐（L. Estang）在《圣埃克苏佩里》（第 25 页）书中这样提到圣埃克苏佩里对女人的看法："……他其实是在复述下面这句名言（指尼采的名言——引者注），只是稍加改变而已：'男人应当被训练上战场，女人应该被训练成能让人从战场经历中得到放松。'""按照传记作者的报道，圣埃克苏佩里自己在遇到'新甲壳虫'——他这样称女人——时，就是采用这些原则的。"圣埃克苏佩里在《要塞》中甚至将爱本身贬低为纯粹象征："妻子在期待丈夫回家时，她的爱其实可能并不那么重要。她在丈夫离家时的挥手告别，她的手可能也没那么重要。它不过是关于重要之事的象征。""因此，几何是象征，男人拦住怀孕的妻子的双臂却也是如此，妻子怀里孕育着一个世界，受到他的保护。"（第 21 节，全集第二卷，第 110 页）。对于圣埃克苏佩里这样的男人，女人的爱尤其因为意味着贪图"安逸"的诱惑显得危险；因为，"爱如果不是像怀孕时一样日新月异地改变着，你就不可以在爱中休憩。你却希望坐进摇橹船里，一辈子做个船夫。可你想错了。因为不成其为攀升或过渡的一切都毫无价值。每当你有片刻停歇时，你就会感到无聊，因为风景不再吸引你。于是，你踢走女人，尽管你最先该踢走的是你自己。"（第 35 节，全集第二卷，第 150 页）。尼采所言也不过激烈如此。参见类似段落（第 38 节，全集第二卷，第 157—158 页）。——耐人寻味的是，"要塞""统治者"的奇思异想常常围绕着"舞女、歌女和妓女"打转（参见第 37 节，全集第二卷，第 153—155 页）。统治者严重警告，尤其要当心的"女人……是那自己在膜拜着的"，这样的女人"日渐消瘦而不进食"，"在爱中捕获猎物"（第 170 节，全集第二卷，第 474—477 页）——女人可能是吸血鬼，这是圣埃克苏佩里将女人看作"蛇"的恐惧面向；"爱"作为责任的承担——这表述的是同一感受，只不过披上了伦理主张的外衣。拉齐（E. A. Racky）在《安东尼·德·圣埃克苏佩里作品中的人性观》（第 34—35 页）一书中的阐释很有道理，却没有看出其中蕴含着的心理学问题："圣埃克苏佩里从未有过男人与女人的同伴关系这一现代两性观，也从未说出'伟大的爱'这个词。""圣埃克苏佩里在女性面前表现得骑士般彬彬有礼,满怀崇拜之情。女人脆弱娇小。不可用粗糙的手触碰她。女人不可能参与到行动中,不可能经历男性团体里那种牺牲一切的友谊(!)……圣埃克苏佩里认为,在飞行员圈子里能够克服理解他人的困难。男性之间的友谊建立起紧密关联,这些关联使得朋友之间推心置腹。女人却保守着秘密"。这段话最为清楚地表述了潜在的同性恋这一实情,尤其是从女人身边的悄悄逃离。"你只是我向上帝攀升途中的一道台阶而已。你注定应当被焚烧、形销骨立,而不是牢牢抓住什么",《要塞》(第29节,全集第二卷,第134页)的统治者这样对他的一位"女眷"说道,当他感到乏味时,终于选她做了新娘(同上,第133页)。泽勒(R. Zeller)在《圣埃克苏佩里作品中的纯真人物》(第9页)一书中虽然承认这类观点与基督教观念之间的差别,却认为,就这一结局而言,"圣埃克苏佩里……(懂得了)将对空间的向往与对女人的爱"进行调和。把女人当作"女巫"烧死,以便自己的灵魂在这焚烧的浓烟中袅袅升天,这是在进行"调和"吗?圣埃克苏佩里作品中有一些段落,我们读到时可以表示理解,但不必苟同。安奈特(D. Anet)在《安东尼·德·圣埃克苏佩里》(第207页)一书中所言不无道理:"圣埃克苏佩里所赋予女人的真正角色",是"年轻女孩";安奈特却没有觉察到这之中所蕴含的心理问题,例如,对成年女性的恐惧感,胆战心惊的孩子内心的拘谨状态,而是完全信以为真(第212页),让人宽心地解释道,年轻女孩——虽然不会"全身心地接受男人的使命","却以其容光焕发的纯净、沉默不语的爱为这一使命提供了充足的理由",接着立即讲到男性中的"英雄"。

99 圣埃克苏佩里:《小王子》,第31页。

100 同上,第30页;第31页。

101 同上,第62页。

102 当然应当将"穿堂风"和"咳嗽"诠释为心灵的"感冒"。关于呼吸功能的精神性障碍,参见亚历山大(F. Alexander):《心身医学》,1951年,第99—104页,作者尤其指出,当呼吸道患感冒时内心的依赖性、"分离创伤"。"咳嗽"的这一明显带侵略性的含义简直不言而喻。

103 圣埃克苏佩里:《小王子》,第 31 页。

104 同上。

105 同上。——"玫瑰!哦,纯粹的矛盾,情愿 / 今夜无人入眠,映入许多眼帘。"这是里尔克为自己写下的墓志铭。"对里尔克来说,'玫瑰'这一西方文化中关于'神秘感'的古老象征是他终其一生感到欢欣和在冥思之际心怀虔敬的原因之一。"[霍尔特胡森(H. E. Holthusen):《里尔克》,第 163 页] 这个墓志铭说明,这个男子"在爱着,却无法爱"(同上,第 132 页),因为他与他人的关系一再不幸地因充满矛盾的恋母情结而被干扰(同上,第 11—20 页)。在他 21 岁时,他遇见比他年长 15 岁的露·安德烈亚斯·莎乐美,获得了首次完全的爱情体验,得到了幸福:"一个契合而又比他更成熟的心灵理解他、引导他,可以将爱人同时视为他如此思念渴望的母亲形象"(同上,第 33 页);露·莎乐美与里尔克之间的友谊维持终生。圣埃克苏佩里却没有如此的福分;另外,他以激烈得多的态度抗拒母亲以及任何女性可能使他贪于安逸的影响,尽管这一抗拒收效甚微,而且正如我们所看到的,他为之付出的代价是严重的内心分裂。

106 圣埃克苏佩里:《小王子》,第 32 页。

107 同上。

108 同上,第 34 页。——海姆勒(A. Heimler)在《小王子》(载于《自我经验与信仰》,第 216 页)中正确指出,"小王子"感到惊讶的是,"玫瑰"这次却说,一切都是她的错;不过,海姆勒将"玫瑰"的这一宣称看作"坦率说出的爱情表白",这一表白让"小王子"在她身边感到害怕,这一看法颠倒了真实情形;这番话让他在离去前深感歉疚,这是"玫瑰"举止的危险所在。海姆勒将玫瑰身上的四根刺诠释为"十字架的横木"和"散布于显意识的四面八方中……的爱"(第 217 页),这与文本毫无关系。

109 圣埃克苏佩里:《小王子》,第 34 页。

110 同上,第 93 页。

111 圣埃克苏佩里:《致母亲的信》,《圣埃克苏佩里全集》全集第三卷,第 470 页。

112 同上，全集第三卷，第 477 页。

113 同上，全集第三卷，第 493 页。

114 同上，全集第三卷，第 495 页。

115 同上，全集第三卷，第 496 页。

116 同上，全集第三卷，第 518 页。

117 同上，全集第三卷，第 522 页。

118 同上，全集第三卷，第 534 页。

119 同上，全集第三卷，第 544 页。

120 同上，全集第三卷，第 546—547 页。

121 同上，全集第三卷，第 549 页。

122 尤其阿尔伯雷斯（R. M. Albéres）在《圣埃克苏佩里》（1946 年，第 83 页）一书中写道："对圣埃克苏佩里来说，飞行的诗意不仅仅是观看自然，而且是与各种自然暴力的接触。"——德兰格（R. Delange）的看法与此类似，参见：《安东尼·德·圣埃克苏佩里》，载于：德兰格、沃斯（L. Werth）：《我们的朋友圣埃克苏佩里》，第 111—126 页。——卡特（C. Cate）：《安东尼·德·圣埃克苏佩里——其人其时代》，第 143—158 页。——文策劳乌斯（L. Wencelius）在《朋友圣埃克苏佩里》（载于：罗马尼亚，第一卷，美因茨，1948 年，第 47—62 页，此处第 52 页）一文中甚至指出，"空气研究者的英雄生命"再现了"古老传说中与南大西洋的龙搏斗的骑士"。关于圣埃克苏佩里的这类看法完全依照他所塑造的自我神话——显然非常成功。克勒曼（W. Kellermann）在《安东尼·德·圣埃克苏佩里》（载于：《收藏集》2，1947 年，哥廷根，第 679—694 页；此处第 683 页）一文中的观点与此相近："飞行员舍弃安全与幸福，换得的是奋斗的伦理精神……他以此却也赢得了黑夜宇宙孤独的崇高沉迷状态，诗人用童话、传说和宗教语言来表述这一孤独之伟大。"——飞行"技术"不也正在于教会冒险者操作技能，并通过精确计划排除任何偶然事件！这绝对应当是"技术员"的责任。

123 关于爱神形象，参见冯·兰克·格雷夫斯（R. von Ranke-Graves）：《希腊神话——出处与诠释》，第一卷，第 116 页。关于将爱神阐释为人向往不朽的原则，参见柏拉图：《对话录》，第 26 章，第 207a5—208b6，全集第二卷，第 236—237 页。

124 参见注释第 91；98。—— 例如，卡特（C. Cate）在《安东尼·德·圣埃克苏佩里——其人其时代》（第 171—182 页）一书中花费不少笔墨描述圣埃克苏佩里与康素罗·苏馨——阿根廷记者戈梅茨·卡里洛的遗孀——的成婚（1931）及婚姻状况，即便从这些描述中也可觉察到，一定更多是新娘而不是新郎感受到了爱的巨大魔力。在后来的几年里，康素罗"有着……疯狂的奇思异想"（卡特，同上，第 404 页），在流亡纽约时期，她与超现实主义艺术家的著名小圈子过从甚密，很难忍受圣埃克苏佩里的严厉和不近人情；可以猜想的是，如果圣埃克苏佩里没有过早辞世，他俩的关系很难再维持很久，倘若圣埃克苏佩里不是因为到处飞而一定程度上长期生活在远离家庭的度假状态中，这份关系是否还能长期维持？劳赫（K. Rauch）在《安东尼·德·圣埃克苏佩里——其人其作》（第 26 页）一书中摘引了一份祷告词，这是圣埃克苏佩里为妻子康素罗写下并让她日日念诵的，他认为，这份祷告词"不仅体现了男人与女人之间的纯粹的爱，而且表达了对上帝朴素和纯粹的信赖"。（第 25 页）；这份"祷告词"说到底却是对康素罗的请求，请她"根本别去见所有他鄙视和排斥的人"，同时也是一份坦白书，承认"他虽然看上去非常坚强，却一直太过担惊受怕……""主啊，请让他尤其免受恐惧之苦吧！"关于圣埃克苏佩里的上帝形象以及他对祈祷的理解，参见注释第 158、159。——圣埃克苏佩里在《南线邮航》一书中描述了贝尼斯与杰纳维耶芙之间的（不幸）关系，在创作中显然采用了关于他当时的未婚妻露易丝·德·维尔莫（1922）的自传性质的回忆，上述种种参见埃斯唐（L. Estang）：《圣埃克苏佩里》，第 23—25 页；第 32—33 页；第 46—47 页；卡特（C. Cate）：《安东尼·德·圣埃克苏佩里——其人其时代》，第 63—68 页；"小王子"的"玫瑰"与维尔莫无甚关系，这一点卡特看得很对，他指出，年长两岁的露易丝当时"尚未成熟到可以结婚的程度"（第 78 页）；这恰好颠倒了"小王子"与其"玫瑰"的关系失败的原因。——关于《小王子》一书中为何根本没有描写女性世界，劳赫（K. Rauch）（同上，第 25 页）解释道："'小王子'的孩童心灵截然不同于他所拜访的星球上一切形形色色充满自恋的男性统治者所代表的成年人世界，他觉得这些人全都很古怪，感觉与之格格不入，反倒觉得与无拘无束的众多生物所蕴含的有机智慧、动物世界、狐狸更贴近，在他眼里，他温柔而又羞怯地爱着的、满怀向往地崇拜着的玫瑰凝聚着所有女性性情：当他发现，地球规划者缺乏一切温暖和充满爱的亲密之后，他最终还是又逃回到她身边。"这说得很对很好，却掩盖了圣埃克苏佩里本人所具有的对立性，与此同时，这一对立性使他与周遭世界处于冲突状态，这一观点还掩盖了对"女性气质"的"向往"中的本质所在：恋母情结的核心矛盾心理。美化圣埃克苏佩里是无济于事的——非常有必要理解他，以便既懂得他的伟大，也认清他的局限。

125 关于飞行与"伊卡洛斯"的逃离母题之间的生平关联，参见埃斯唐（L. Estang）：《圣埃克苏佩里》，第 32—33 页；第 145 页："就在当时（1926），圣埃克苏佩里的书信中已流露一丝他所独具的忧伤。航线的神秘莫测使他免于沉溺于忧伤，而是将之转化成怜悯。可是，一旦四处飞行的美丽冒险成为过去，恐惧就会再次戴上旧日的面具。"

126 关于圣埃克苏佩里作为"朋友"和"同伴"的形象同样依照的是圣埃克苏佩里通过愿望与意志建立的神话。就连卡特（C. Cate）确实也不得不在《安东尼·德·圣埃克苏佩里——其人其时代》（第 341 页）中承认，与"同伴们"的年龄差别导致他比较难与之建立人际关系，圣埃克苏佩里虽然"竭尽全力……"，却仍觉得自己是"局外人"。关于"同伴情谊"与"行动共同体"的教条式观点，参见埃斯唐（L. Estang）：《圣埃克苏佩里》，第 73—81 页。这一立场的肯綮在于："经验让我们懂得，爱并非相爱者的相互注视，而是他俩一起看向同一个方向。"载于圣埃克苏佩里：《风沙星辰》，全集第一卷，第 329 页。圣埃克苏佩里在此显然将爱与同伴情谊混为一谈，他宣称难以想象还有不同于寻觅同伴的另一种"爱"。仍然是同一个问题：倘若认为，只有通过行为的英雄主义才能塑造出人（包括他自己！），就无法去爱人。在《飞向阿拉斯》（全集第一卷，第 449—450 页）中，圣埃克苏佩里再清楚不过地谈到自轻自贱与所渴求的友谊之间的分裂状态："我一直认为旁观者这个职业很可怕。我若不参与，那我是什么？为了存在，我必须参与。我的生命依赖于同伴的高贵品质……与他们的亲密相处令我心醉神驰……没有什么能损害这一兄弟情谊。"这是圣埃克苏佩里的一厢情愿。一切却也真是如此吗？拉齐（E. A. Racky）在《安东尼·德·圣埃克苏佩里作品中的人性观》（第 28 页）一书中指出："在飞行员圈子里，行动之人与他人之间的关联状态在友谊和同伴情谊中进一步加深，圣埃克苏佩里经历了这两种如此纯净的情谊，故而视之为所有人的本质价值。"然而，拉齐在此确实将理念与现实混为一谈了。"同伴们"其实已何等残酷地报复了《夜航》这本书的作者，这可见于埃斯唐（L. Estang）的著作《圣埃克苏佩里》（第 142—143 页）。——是的，即便圣埃克苏佩里在与"同伴们"相处时找到了他所渴求的温暖，他也无法坦然受之，与此相反，他向往的是遥不可及之事："超越我自己……体验我对同伴的爱，那种爱并非来自外界的驱使，不愿吐露自己——从来不愿如此，最多除非在吃晚餐时……我对这群人的爱无须表白。它就存在于深情厚谊之中。"圣埃克苏佩里：《飞向阿拉斯》，全集第一卷，第 451 页。这再清楚不过地展现了他对真正的（同性！）恋情所怀有的恐惧感，他用主动弃绝的自豪感来取而代之。

127 圣埃克苏佩里：《致一位朋友的战争信函》，全集第三卷，第 175—176 页。——海姆勒（A. Heimler）在《小王子》（载于《自我经验与信仰》，第 206 页）中指出，飞行母题意味着"凭借自身力量脱离大地母亲的运动"；不过，由于他总是借助原型来阐释《小王子》，而不是首先依据作者生平，他没能得出显而易见的结论：这是在从母亲身边逃离；海姆勒由此看到的则是"天"（阳）与"地"（阴）之间的多重对立。

128 参见斯特恩（K. Stern）：《从女人身边逃走——论时代精神的病理学》，第 191—193 页，斯特恩着重指出现代阶段的"摩尼教"特征。

129 关于圣埃克苏佩里与尼采的相近之处，参见埃斯唐（L. Estang）的著作《圣埃克苏佩里》（第25—26页，第86—87页）。和尼采一样，圣埃克苏佩里也认为，"个体……只是道路和通道而已"，圣埃克苏佩里：《飞向阿拉斯》，全集第一卷，第467页。这条"道路"的目标在于"英雄的个人，他总是健康强壮的。英雄观念总是将人视为可造就的英雄……行动之人（homme d'action）具有……明显的'超人'特征"。拉齐（E. A. Racky）：《安东尼·德·圣埃克苏佩里作品中的人性观》，第80页。圣埃克苏佩里在《飞向阿拉斯》（全集第一卷，第484—485页）中写道："从现在起，我为人类之优先于个体而奋斗。""如果有人认为，我对他人的爱是在推崇平庸，否定人，从而将个体囚禁在彻底的平庸之中了，那我就跟这人没完。——我将为人类奋斗。与人类的敌人斗争。却也包括与我自己斗争。"这几处与尼采提出的"最遥远的爱"——对现实中的人则极尽鄙夷之词——并无二致。

130 关于萨特作品中，极端的偶然性场域里的自由哲学，参见拙著《恶的多种结构》，第三卷，第207—209页；第213—218页；第226—263页；斯特恩（K. Stern）在《从女人身边逃走》（第89—102页）中分析道，在萨特作品中，面对自然（以及自己）感到的"恶心"其实是对女人的恐惧感，他还指出："在萨特作品中，性问题总是顺带含有些'拜访某幢房屋'的意味，这还与对女性价值的贬低齐头并进，这一切都让人联想到某种青春期的爱，似乎成了上一代人——从尼采到列宁——的某些文学的特色所在。在此意义上耐人寻味的是，在萨特的全部作品中，只有唯一一个场景描述的是爱，这就是在《奇特的友情》中，一名男子躺在同伴的怀里死去！"（同上，第99页）思考的整个心理学结构：谋求通过行动主义来克服自我所深感羞愧的渺小卑微感，对女性（母亲）的恐惧感，将"爱"化约为同伴情谊（这一理想）——这暗含着同性恋意味，将爱与死亡（俄狄浦斯式的）等量齐观，此外还有以经历为背景，心灵的超负荷与物质上的骄奢所形成的令人窒息的混合局面，这一切不仅在尼采与萨特作品中——其中的人物性格和着重点犹疑不定，而且在圣埃克苏佩里作品中同样可以找到印证。关于萨特的童年，他也和圣埃克苏佩里一样，幼年丧父，在"陌生的"家庭里长大，参见比梅尔（W. Biemel）：

《萨特》(第7—23页),作者尤其强调,孩童时的萨特"必须装模作样,总是很乖,学别人的样子"(第20—21页)。

131 参见让·保罗·萨特:《知识分子与革命》,译者:雷布利茨(V. I. Reblitz),诺伊维德和柏林(Lutherhand 出版社,第30卷),第149—150页。关于萨特性格中"骄傲自大与谦虚低调"的混合,参见比梅尔(W. Biemel):《萨特》,第93—102页。

132 对圣埃克苏佩里来说,"飞行"确实恰恰意味着存活于世的正当理由。参见埃斯唐(L. Estang)的著作《圣埃克苏佩里》(第142—143页),作者尤其强调圣埃克苏佩里与死亡的抑郁游戏,这一游戏自1931年起——当他离开——成为他生命的基本情感,在1933年圣拉斐尔海湾的坠机事故中导致某些自杀式反应。

133 费德恩(P. Federn)在《关于两个典型的耸人听闻的梦》——载于西格蒙德·弗洛伊德(主编):《心理分析年鉴》,第Ⅵ期,第128页——一文中着重指出"飞行"的男性生殖器含义,飞行员能够从主观经历的角度,通过他所感受到的男性伟大、有所作为的陶醉感以及神秘的融为一体重新赋予这一含义,这些经历内涵恰恰是飞行如此吸引圣埃克苏佩里的原因所在。——德兰格(R. Delange)在《安东尼·德·圣埃克苏佩里》——载于德兰格、沃斯(L. Werth):《我们的朋友圣埃克苏佩里》,第129—131页——中摘引了热勒上校为圣埃克苏佩里致的悼词:"不了解他的人远远看他,可能认为他是这是那:诗人和坚守道德者、学者,甚至魔法师。而我们,他的兄弟们,却更了解他。我们知道,他首先是位飞行者、飞行员、空气中的存在。并非为了贪图浮名,并非出于一套完全现成并早已用滥了的社会顾虑。而是出于内心的使命感,发自内心的激情。会有文学评论者懂得这一点吗?"(同上,第130页)他们会懂这一点的,不过前提是,不相信"飞行员"圣埃克苏佩里这一神话,而是试着去理解那个逃离机舱以便远离地球的人。热勒上校继续说道:"圣埃克苏佩里对谁都无所亏欠。他的独一无二完全归功于他的生命及飞行技术,他也经历了这一技术的英雄时期。"(同上，第130页)这正是圣埃克苏佩里所希望的：给予他人，而不是从他人那儿有所获取，为他人承担风险，不顾及自己的幸福与否，与自我以及普通人的平庸相对抗，以此谋求自身的伟大。劳赫(K. Rauch)在《安东尼·德·圣埃克苏佩里》(载于《我们时代的形象》，第2卷，奥登贝格，1954年，第154—166页，此处第155页)一文中指出：对他(指圣埃克苏佩里——引者注)来说，飞行意味着出发去探索新世界。他觉得，升向高空——实现这一已出现在古希腊和日耳曼传说中的古老的人类梦想——相当于提升人的所有潜在可能性。他感到痛心的是，人们完全无法企及其天赋潜质。参见《安东尼·德·圣埃克苏佩里——其人其作》(第51页)，"飞行"被描述为"生命有机体与飞机的融为一体"，不断地勇往直前，对"全新的存在梦想"的占有。——这当然也包括圣埃克苏佩里的飞行描述所蕴含的伟大文学，罗伊(J. Roy)在《圣埃克苏佩里的生命激情》(第27—36页)一书中很中肯地将之与约瑟夫·康拉德关于海洋和航海的描述做了比较。

134 赛卓尼(L. Séjourné)在《古代美洲的文化》(第276页)一书中指出，"长着羽毛的蛇"这一意象不仅象征着初升的朝阳、天空、精神(象征鸟)，而且象征着物质、大地女神、虚无与死亡(蛇)。

135 例如，在格林童话《水晶球》故事中，女魔法师的两个儿子被变成苍鹰和鲸鱼；参见德鲁尔曼(E. Drewermann)、英格利特·诺伊豪斯(Ingritt Neuhaus)：《水晶球——从深层心理学角度阐释格林童话》，第六卷，出版地：奥尔登堡／弗莱堡，1985年。

136 圣埃克苏佩里：《飞向阿拉斯》，全集第一卷，第364页。

137 圣埃克苏佩里：《致一位朋友的战争信函》，全集第三卷，第176—177页。

138 拉齐(E. A. Racky)在《安东尼·德·圣埃克苏佩里作品中的人性观》(第26—38页)一书中非常生动地推导出了"行动之人"这一形象，该形象的塑造借助于阻力与障碍，因为阻力与障碍迫使他超越自己，通过行动或是行动让他担负的责任，他感到自己作为"同伴"与他人紧密相连。"幸福并非谋求的目标，而是一份馈赠……美也是如此。"(同上，第31页)

139 圣埃克苏佩里:《要塞》,第 112 节,全集第二卷,第 335 页。或同上,第 190 节,全集第二卷,第 524 页:"……存在的仅仅是你愿意奉献并随时可能失去的一切。"

140 圣埃克苏佩里:《小王子》,第 74 页。

141 圣埃克苏佩里:《要塞》,第 56 节,全集第二卷,第 198 页。

142 绝大多数传记作者都谈到圣埃克苏佩里极其幸福的童年,却没做任何描述。参见德兰格(R. Delange):《安东尼·德·圣埃克苏佩里》,载于德兰格、沃斯(L. Werth):《我们的朋友圣埃克苏佩里》,第 7 页。例如,这本书对圣埃克苏佩里直至 10 岁的童年阶段没有任何描述,除了提到他六岁时已开始试着写诗。劳赫(K. Rauch)在《安东尼·德·圣埃克苏佩里——其人其作》(第 23 页)一文中也是这样写的,依据的是圣埃克苏佩里的妹妹西蒙娜的讲述,尤其提到安东尼与其奶妈鲍拉·亨切尔之间的紧密关系。然而,没有一位传记作者认为有必要如实地探讨圣埃克苏佩里幼年发展阶段的心理背景。德·克里斯诺伊(M. De Crisenoy)在《安东尼·德·圣埃克苏佩里》(第 11 页)一书中提到,安东尼(参见《飞向阿拉斯》,全集第一卷,第 367—368 页)在希望得到呵护时装病,以便得到"戴白帽子的护士"的悉心照顾,却越发感觉遭到同学们的排斥;这却也并未反思将会贯穿圣埃克苏佩里整个生命的两难困境:他所渴望的爱是他在虚弱时找不到,强大时不需要的。就我所知,尚未有传记作者认真剖析过这些童年印象的矛盾心理与绝望心情。与此相反,不绝于耳的说法倒是[例如,瑙恩(H. G. Nauen)的观点:《安东尼·德·圣埃克苏佩里——生平与作品》,载于《时代的声音》,第 153 页,第 105 页]:"圣埃克苏佩里一定度过了无比美妙、梦一样美丽的童年时光,真正的天堂,充满纯真无邪和幸福愉悦,他一再从中汲取看不见的力量之源,即便在他生命最苦涩的时刻,这些力量之源也从未令他感到完全绝望。他本人就是'小王子',仿佛天上的一颗星辰坠落到了人间。"埃斯唐(L. Estang)在著作《圣埃克苏佩里》(第 16—22 页)中对圣埃克苏佩里的作品总体上不无批评,尽管如此,他仍认为圣埃克苏佩里是"天下最幸福的孩子","住在漂亮的房子里，在古老的花园里嬉笑玩耍，兴致盎然地听着鲍拉——来自蒂罗尔地区的奶妈——讲的童话，统治着天下最具母性的妈妈和对他百依百顺的兄弟姊妹。"（第19页）——没错，圣埃克苏佩里一再渴望回到童年，因此，他的童年必定也曾有这些美好的方面，可是，传记作者显然不愿并且无法理解的是，如此"美好的童年"可能是陷阱，因为它拥有威权，能够毒化接下来的整个一生，使之充满恐惧和忧郁，同时引发绝望的对抗，抗拒令人窒息的母爱，这场对抗将把"小王子"转化成"大统治者"。伊伯特（J. C. Ibert）：《安东尼·德·圣埃克苏佩里》（第81页）的下述看法很在理，却没有从心理学角度洞穿其中的本质问题："在圣埃克苏佩里的作品中，相对于行动与玄学，有着关于纯真无邪或失而复得的童年的神话。——圣埃克苏佩里自童年时起，一直觉得自己'被逐出童年'，他常在作品中以满怀思乡之情的口吻描述那些无忧无虑的岁月"；反过来，伊伯特却认为，"小王子"对大人们的鄙视是圣埃克苏佩里本人的翻版。可是这样一来，圣埃克苏佩里的童年以及他自己内心所蕴含的矛盾就被理所当然地归罪于"恶世界"，以便为童年时的圣埃克苏佩里辩解。这一看法很容易导将《小王子》仅仅看作作者本人的童年愿望，他自己未能实现的梦想以及对生命的诸多失望，这则美妙的童话将会很容易沦为沮丧消沉者的《圣经》。其实应当明白的是，恰恰是"无忧无虑"——早年丧父的圣埃克苏佩里在童年时期被过度娇宠溺爱——必定会导致怎样的危险。圣埃克苏佩里即便四十岁时，仍然何等坚决，却又何等艰难地努力戒掉童年时的某些娇生惯养习性，他自己在《飞向阿拉斯》（全集第一卷，第385页）一书中描述道："起床就像是把我拽出母亲的怀抱，从母亲怀里拽走，拽出童年岁月里温柔地爱着、抚摸着和呵护着孩子身体的一切。"从心理学角度显然比较难理解的是，和过分的严厉与苛责一样，过度照顾、溺爱和娇惯同样可能导致神经质。如果按照惯常的理解，将"小王子"视为难以理喻的"大人"世界的对立面，以此将作者本人心中的冲突转化到外界，就根本无法领会从一开始就潜藏于圣埃克苏佩里生命发展中的张力。这样一来，只会很容易倾倒于"太阳王"——圣埃克苏佩里确实也是如此——

的迷人气质，只会继续书写传奇，或是留下一大堆无解的问题。圣埃克苏佩里"关于人的英雄观"其实是为了证明自己并非被母亲溺爱的儿子，关于这一点，他自己在《风沙星辰》（全集第一卷，第 238—239 页）中已说得很清楚，他在二十多年后指责老管家索菲，她当年不该出于过分呵护而有太多的担忧和警告："你知道吗，人在沙漠里露宿于寒夜里，头上没有片瓦，没有床，也没有床单？"与此同时，圣埃克苏佩里却又渴望回到"美好"的童年，回到母亲身边，回到奶妈鲍拉身边；参见泽勒（R. Zeller）：《从"小王子"寓言看安东尼·德·圣埃克苏佩里的生活秘密》，第 39—40 页。

143 圣埃克苏佩里：《要塞》，第 55 节，全集第二卷，第 196—197 页。

144 同上，第 25 节，全集第二卷，第 123 页。

145 同上，第 126 节，全集第二卷，第 372 页。—— 在《飞向阿拉斯》（全集第一卷，第 480 页）中，圣埃克苏佩里以惊人的坦率宣告："个体的尊严要求，人不因他人的慷慨而遭奴役。"反过来的话（同上，全集第一卷，第 454 页）："我只与我所馈赠者紧密相联。"——佩利希尔（G. Pelissier）在《阅读〈要塞〉入门——圣埃克苏佩里的遗作》（载于《综合》第 6 期，1951 年，第 292—307 页，此处第 306 页）一文中为替圣埃克苏佩里的主张辩解，解释道："当我寻觅时，我已觅到，因为精神只会向往它所拥有的。觅到就是看见。我怎么可以寻觅对我来说尚不具备情感的事物呢？"可是说这话的是帕斯卡尔（《思想录》，第 247 页），不是圣埃克苏佩里，只有牵涉对上帝的绝对渴求——对于帕斯卡尔即是如此，佩利希尔的解释才说得通；将同一句话牵涉男女关系上，是绝对错误的；而且，帕斯卡尔之所以这样说，是为了平息人的形而上学恐惧感，圣埃克苏佩里所臆造的理论恰恰是为了说明，他为何对接近任何女性都感到恐惧，为何要美化不惜牺牲生命的"寻觅"。

146 圣埃克苏佩里：《小王子》，第 72 页。

147 同上，第 70 页。—— 关于"年轻女孩"的同样的话可见于致露西安·玛丽-德库尔的信，全集第三卷，第 32 页。

148 参见弗里德里希·席勒：《论妩媚与尊严》（1793），载于《席勒作品集》，主编：施塔普夫（P. Stapf），两卷本，出版地：威斯巴登，第二卷，第505页；第526页。

149 例如，拉齐（E. A. Racky）在《安东尼·德·圣埃克苏佩里作品中的人性观》（第81—82页）中这样谈到圣埃克苏佩里的《夜航》："里维埃希望，人能够超越自己。这种观念源于弗里德里希·尼采……老板要求他的飞行员完全服从共同的事业。事业就是一切，将会超越人的生命而长存。它能让男人分享到永恒。为了这一事业，里维埃要求飞行员奉献、牺牲、弃绝而死亡。他从不探究，这一严酷要求是否摧毁人的幸福。这位上司，也就是圣埃克苏佩里，在《夜航》出版时尊奉的都是：'行动毁灭幸福。'（原文为法语——译者注）难怪有些批评家将年轻时的圣埃克苏佩里看作法西斯主义信奉者。"拉齐接着试图淡化这一尖锐批评，指出，对于圣埃克苏佩里来说，"人内心有可长存的。"究竟是什么呢？——既然人只能通过行动来奠定自己，而且在圣埃克苏佩里看来，"只有在死亡中"才可能存在着"幸福、完满和平宁"（拉齐，同上，第86页）？没错，圣埃克苏佩里在《风沙星辰》中提出责任的基督教社会性做派，也将之称作"爱"，以此对深受尼采影响的英雄主义做了补充。然而，爱成了怎样无偿服务和牵强造作的谎言，当他在《飞向阿拉斯》（全集第一卷，第484页）中写道："你必须从奉献开始做起，以便奠定爱。接着，爱可以祈求别的奉献，为了所有的胜利而将之投入。人总是必须走出第一步。他必须先造就自己的存在，然后才能长存。"

150 圣埃克苏佩里：《要塞》，第208节，全集第二卷，第322页。——参见全集第三卷，第489页，关于死刑处决的描写。

151 弗里德里希·尼采：《查拉图斯特拉如是说》，第四部分，《符号》，第252页。

152 圣埃克苏佩里：《夜航》（全集第一卷，第154页）："他（指里维埃——引者注）的思考抵达边界，这里的问题涉及的并非微弱的个人痛苦，而是行为的意义、行动本身的意义。站在他面前与他对峙的不是法比安的妻子，而是另一种生活观。他别无他法，只能倾听她的诉说，同情她，这细弱的声音，这如此忧伤却满含敌意的声响；因为行为的世界和个人幸福的世界一样不容分割，而是相互对立的。这个女人同样是在以一个绝对世界及其权利与义务的名义说话：这个世界是夜晚洒落在桌上的温馨灯光，这个世界是血肉之躯对爱人身体的渴望，这个世界是由憧憬、柔情、回忆组成的家园。她要求一切顺遂，她是对的。而他，里维埃，也是对的……"同上，第155页："我以什么名义（指里维埃的自问——引者注）……剥夺了他们的私人幸福？保护这样的幸福不是法律第一条吗？——然而即便不是因为他（！），这些金光闪耀的幸福领域有朝一日终究不免海市蜃楼般消逝而去。衰老与死亡将会比我更无情地摧毁他们。或许有什么别的更持久的事值得去保护？或许我的工作正是为了保护人的这一部分？"——尽管我们很尊重圣埃克苏佩里，还是不得不说：如此的哲学思考简直到了愤世嫉俗的地步。参见《夜航》（全集第一卷，第161—163页）。然而还有些传记作者甚至在这一点上也觉得必须超出圣埃克苏佩里一等；例如格瑞（G. Gehring）在《圣埃克苏佩里作品中的英雄人道主义》（载于《活外语》2，1950年，第5期，第129—136页，在此第134页）一文中指出："不，里维埃并非铁石心肠。他认为，同情心是好事。然而可惜关键只在于目标（！），为了达到目标，就不得不在恶劣情形出现之际接受它。尤其不可心软！……上司许可这一切发生，即便他是迫不得已，这些事件却碾碎了不少人的生命。"这些话在第三帝国灭亡五年之后居然写于德国，真是令人惊讶。然而，即便伊伯特（J. C. Ibert）（《安东尼·德·圣埃克苏佩里》，第28页）也对里维埃的"哲学"表示赞同，重述道："我们迈出的每一步的价值都与我们为了远离自己而付出的努力成正比。"同上，第30页："应该宣扬什么样的动机，以便人们甘愿舍弃尘世的幸福？这就是永恒、对绝对事物的寻觅，战胜对死亡的恐惧……无论是面对公正还是不公正，里维埃都赋予人的皮囊以灵魂。"结论（第31页）："他自己（指法比安，他在里维埃的命令下'牺牲生命'）并不存在！"同上，第56页："对他们来说，重要的是路途，而非抵达目标。"与此相反，瑙恩（H. G. Nauen）在《安东尼·德·圣埃克苏佩里——生平与作品》（载于《时代的声音》，第153卷，1953/1954年，第104—115页，此处第109页）一文中问得很对："针对我们时代的耻辱柱——

上百万人为了一个'可疑的目标'而被牺牲了,里维埃的笼统观念究竟如何站得住脚?"——早在 1932 年,克利夫顿·费迪曼(Clifton Fadman)已指出,圣埃克苏佩里在《夜航》中将"法西斯主义概念"和"热昏了头的英雄主义"美化为品德:"圣埃克苏佩里振振有词地将纯粹的意志与力量加以神化,这径直引向特赖奇克和墨索里尼的自大狂……这是……一本危险的书,……因为它将一个贻害无穷的理念描述成浪漫情感,为这一理念喝彩。"转引自卡特(C. Cate):《安东尼·德·圣埃克苏佩里——其人其时代》(第 208 页),他在书中努力为圣埃克苏佩里辩解,却收效甚微。与此相反,瑙恩(同上,第 112—113 页)强调圣埃克苏佩里向更具基督教色彩的思想转变,这一反驳只是部分在理。《飞向阿拉斯》也遭到布勒东(A. Breton)(圣埃克苏佩里的妻子康素罗的一位朋友!)和亚历山大·科瓦雷(Alexander Koyré)不无道理的谴责,后者认为,这本书"在立场上是'法西斯主义的'","另一方面,他将作为基础的思想财富视为'家长制'和'反动的',嗤之以鼻。"卡特:《安东尼·德·圣埃克苏佩里——其人其时代》,第 405 页。埃斯唐(L. Estang):《圣埃克苏佩里》,第 89 页。即便是关于《要塞》,法布里(A. Fabri)在《试析圣埃克苏佩里的〈要塞〉》[载于《水星》杂志(*Merkur*),第 5 期,1951 年,第 896—900 页,此处第 900 页] 一文中也认为:"圣埃克苏佩里将自言自语伪装成对话,正如他将困境捏造成忠告。""某种出于善意(bona fide)的造假行为。"尤其是"造作难堪的调子"——"我是上司。我是男人。我有责任",法布里正确地认为这话"极其武断"。"不少人将会把这一失败算作圣埃克苏佩里的胜利——在《小王子》中其实甚至已经如此,这是另一回事。"埃斯唐在《圣埃克苏佩里》一书中的结论很在理:"在圣埃克苏佩里的作品中,创造意志——它塑造人——看上去太像权力意志的模样了,无论这是体现在里维埃还是统治者身上……这一创造意志有着园丁的硬心肠,我都看见了,如果必要的话,他为树剪枝,砍倒旁边的树……可是人非树木。""圣埃克苏佩里希望拯救人类,不过并不是因为每个人都有不可替代之处:是因为整个人类,圣埃克苏佩里采取'园丁的立场'。"参见圣埃克苏佩里:《风沙星辰》,全集

第一卷,第 199 页。圣埃克苏佩里在此将同伴们的死亡比作大树倒下;参见全集第一卷,第 339 页。泽勒(R. Zeller)在《圣埃克苏佩里作品中的纯真人物》(第 83 页)一书中的看法当然也很在理:如此"对人下定义,令人钦佩":"树——这是黑夜,正缓缓地与天空联姻。"

153 拙著:《悲剧性与基督教气质》,载于《心理分析与道德神学》,第 1 卷:《恐惧与罪过》,出版地:美因茨,1982 年,第 17—78 页,此处自 39 页起。

154 圣埃克苏佩里:《夜航》,全集第一卷,第 173—174 页。

155 克里克尔贝(W. Krickerberg):《古代墨西哥文化》,第 193—194 页;施密特(P. J. Schmidt):《阿兹台克人的太阳石》,第 9—12 页。——顺便提一句,圣埃克苏佩里自己(《夜航》,全集第一卷,第 156 页)也想到了将之与印第安人文化相提并论,里维埃这样想着:"'爱,只是爱——这是怎样一条死胡同!'里维埃隐约感觉到一种比爱更为崇高的责任。或者这可能也是爱的情感,只不过性质截然不同。他想起一句话:'关键在于,使之不朽……'他是在哪儿读到这句话的?'人为自己所谋求的,终将消逝。'他脑海里浮现一座神庙。秘鲁古代印加人建造的太阳神庙。陡峭的岩石高矗在山中。倘若没有这些岩石,这一文化还能存留几何?它是如此强劲,即便它的废墟仍一如既往地压在今天的人心头,仿佛一桩千古恨事。'古代的民族首领以哪种强悍或哪种奇异的爱为名义,强迫民众将这座神庙吃力地建到山上,以便在此树立起他们自己的不朽?……这种幸福'……古代的民族首领——即便他可能对人的苦痛无动于衷,他对人的死亡还是感到无限怜悯。他所怜悯的并非个体之死,而是人类在沙海中的灰飞烟灭。于是,他让民众至少树立起石块,沙漠无法将之吞噬。"

156 弗里德里希·尼采:《查拉图斯特拉如是说》,第四部分,《忧郁之歌》,第 3 节,第 229—230 页:"……恼恨一切羔羊魂,极端恼恨那些露出绵羊的、羔羊的眼光,卷毛的,含有羔羊绵羊温情的灰溜溜的生灵!"飞行员,"苍鹰天性"的哲学即是如此。

157 圣埃克苏佩里:《要塞》,第 108 节,全集第二卷,第 326 页。

158 同上，第 81 节，全集第二卷，第 264 页。——拉齐（E. A. Racky）在《安东尼·德·圣埃克苏佩里作品中的人性观》（第 86 页）中正确指出："圣埃克苏佩里的上帝……并非基督教天启的上帝。由于这位文学家并非皈依的基督徒，他只是将上帝看作等级秩序的顶峰，处于较低层次的人同样属于这一等级秩序。圣埃克苏佩里有些抗拒'天启'的想法，因为在他看来，上帝降临到人的层面上，这是造物主的世俗化。这可以解释，圣埃克苏佩里的作品里为何没有出现耶稣基督。"——沃斯（L. Werth）在《我所了解的他……》[载于德兰格（R. Delange）、沃斯：《我们的朋友圣埃克苏佩里》，第 152—153 页]一文中这样评论《要塞》："上帝是无法把握的。他对祈祷回以沉默……他不是让人舒服的上帝，不许人们在信仰中惬意平静地安顿下来……休憩……深深植根的基督教情感（他一再强调，他的文明建立在基督教基础之上）与对帝国的毫不妥协的理解并行不悖，在这个国度，人们把站岗时睡着的士兵毫不仁慈地砍头。"——谢弗希耶（P. Chevrier）在《圣埃克苏佩里》（第 119 页）一书中将圣埃克苏佩里的上帝观与萨特的观点相比较（《魔鬼与上帝》，载于《戏剧全集》，第 360 页）："你看见我们头顶的虚空了吗？这虚空就是上帝。你看见门上的缝隙了吗？我告诉你，这缝隙就是上帝。你看见这地上的洞了吗？上帝。沉默即上帝。不在场即上帝，人们的孤单即上帝。"圣埃克苏佩里的立场确实更接近于萨特的存在主义，而不是基督教（参见注释第 130）；不过，圣埃克苏佩里在将孤独称作"上帝"时，觉得自己在某种意义上是宗教性的，萨特则断然禁止自己有任何宗教做派。

159 参见圣埃克苏佩里《要塞》，第 73 节，全集第二卷，第 243 页）："我顽强地朝着上帝的方向攀登，以便问他事物的意义，请他解释，人们本想让我承担的交流通向何方。——可是，我在山顶只看见一块由黑色大理石形成的沉重岩石——此乃上帝。"埃斯唐（L. Estang）在著作《圣埃克苏佩里》（第 127—129 页）中对这一"上帝"的评论很有道理："他至少是哲学家的上帝吗？连这都谈不上，因为他的超验是假象。他漂浮在内在性之中。他并不显现于人面前：他是人投射出的形象。他是对神性的向往，向往本身创造出膜拜对象。""就圣埃克苏佩里的人道主义而言，同样是'上帝已死'，不过，他并未说出这句话，也没有努力找到什么来将之取代，而是恰恰赋予死亡符号——沉默与不在场——以上帝之名。这意味着，'在等待戈多之际'有所行动。"——因此，伊伯特（J. C. Ibert）在《安东尼·德·圣埃克苏佩里》（第 109 页）一书中的看法只是部分正确："作为帕斯卡和尼采的继承者，圣埃克苏佩里成功地既超越了基督教主义，又超越了无神论。针对尼采（毋宁说是黑格尔——引者注）的口号'上帝已死'，他提出另一口号：'上帝即沉默'。"（参见注释第 145）——关于上帝观，圣埃克苏佩里在《日记》（Carnets）中讲得最清楚不过了，他在列举了一长串基督教的自相矛盾（智性上的不诚实、对"不信教者"的声讨拒斥、保守主义的财产观，这与教义相悖，教条主义）后，简洁干脆地写道："上帝是否存在，这关我什么事：上帝赋予人以某种神性。"（全集第三卷，第 255 页）或言之：必须谈到"上帝"，以此称呼"那既遥不可及又绝对的存在所具有的完美的象征性基础"（全集第三卷，第 256 页）。在《飞向阿拉斯》（全集第一卷，第 474 页）中，圣埃克苏佩里坦率承认，他其实是借上帝之名，用人来取代（基督教的）上帝概念："我明白了人的手足之情源于何处。人类曾是上帝心中的兄弟……我的文化是上帝留下的一笔遗产，已将人们塑造成人类中的兄弟。"剩下的就是天主教留下的已丧失意义的遗产：权威、仪式、庆典和牺牲。"圣埃克苏佩里是上帝的寻觅者，'嗷嗷待哺地渴望着天使手中的面包'"，维基-沃特（M. Wicki-Vogt）在德·克里斯诺伊（M. De Crisenoy）的著作《安东尼·德·圣埃克苏佩里》（第 5 页）的译者序中这样写道；这说得没错，只不过，圣埃克苏佩里虽是位寻觅者，却又害怕自己被找到，他虽嗷嗷待哺，却又担心被喂得太饱。

160　圣埃克苏佩里：《要塞》，第 213 节，全集第二卷，第 623 页。

161　同上，第 2 节，全集第二卷，第 27—28 页。

162　参见尼采：《权力意志》，第 1062 节，第 692 页："世界即便不再是上帝，也应当拥有上帝的造物主能力，无穷无尽的变化能力。"同上，第 1061 节，第

692 页:"这两种最为极端的思维方式——机械式和柏拉图式——在永久轮回中融汇在一起:两者都是作为理想。"

163 参见尼采:《查拉图斯特拉如是说》,第四部分,《魔法师》,第 192—194 页,令人震撼的诗《谁给我温暖,谁仍爱我?》

164 卢卡奇(《理性的毁灭》,三卷册,第 2 卷,第 100—195 页)尤其认为,尼采所捍卫的世界观的非理性主义构成了法西斯主义意识形态的精神基础。

165 圣埃克苏佩里:《致将军的信》,全集第三卷,第 229 页。——这当然不能阻止传记作者恰恰将圣埃克苏佩里的死亡也描述成"英雄"神话的一部分。例如,罗伊(J. Roy)在《圣埃克苏佩里的生命激情》(第 68—69 页)一书中虽然讲到了 1943 年前后主宰着圣埃克苏佩里生命的恐惧与绝望;然而,正如传奇与传说中的惯常情形,所有矛盾都被置入英雄与环境的关系中:法国的命运和人类处境一定是圣埃克苏佩里感到孤独和气馁的原因所在。法国人在盟军登陆诺曼底的周年纪念日可能很喜欢听到罗伊的这番话(同上,第 86 页):"如果我们接受对'英雄'的这一定义——我想是贝尔纳诺下了这一定义:英雄是生命中至少曾有一次宁死不屈者",那么,圣埃克苏佩里就是位英雄或"骑士"(第 86 页);可是最后让人感到毛骨悚然的是,罗伊(第 42 页)把我们置于以马忤斯(Emmaus)弟子的境地——师傅的死终于让弟子们幡然醒悟,试图让我们相信,恰恰是圣埃克苏佩里的过早去世或"这一死亡的纯净"(第 43 页)造就了他的生命或"传奇"的辉煌。

166 参见埃斯唐(L. Estang)在《圣埃克苏佩里》(第 28 页)一书中正确指出的圣埃克苏佩里的双重人格:"必须接受的情形是:圣埃克苏佩里既是小王子又是大统治者。他的好奇属于哪一边呢?他的心属于一位,他的头属于另一位?我不知道。不管怎样,正是这双重性将他刻画得入木三分。"参见:同上,第 22 页。

167 这是罗马莫瑟(G. Rohrmoser)的著作的标题:《时代的形而上学处境——宗教意识改革论纲》,斯图加特/德哥尔洛赫,1975 年。作者当然完全是从黑格尔意义上要求"通过改变基督教的教条、伦理、政治和社会学形态,使其基质重获新生"。

168 关于耶和华创世和原罪故事中的人类形象,参见拙著中的阐释:《恶的多种结构》,第1卷,第91—97页。

169 弗兰茨·韦弗尔(F. Werfel)的诗歌《大家应当立即跟着说的话》,载于《诗集》,第276—277页:我永不再想 / 嘲笑人的脸。/ 我永不再想 / 评判人的心。/ 或许是有食人者的额头。或许是有骗子的眼眸。或许是有贪吃者的嘴唇。/ 可是顷刻间 / 从被轻率判决者 / 的沉钝言谈 / 从他无助的耸肩 / 拂来菩提花香淡淡 / 仿佛来自我们心悦的遥远故园,/ 我为仓促判决懊悔连连。/ 即便泥污满面的脸 / 也蕴藏着上帝之光期待舒展。/ 贪婪的心攫取粪便 —— / 可是每个 / 新生的人心中 / 却对我昭示着天堂的到来。

170 圣埃克苏佩里:《要塞》,第9节,全集第二卷,第59页;第65节,全集第二卷,第217页,第75节,全集第二卷,第243页。

171 例如,参见莫伦兹(B. S. Morenz):《古埃及的彼界入门书》,Papyrus 出版社,柏林,第3127页。《试论古埃及人的魂灵文学》,莱比锡,1964年,第13页:阴界的第14个地点(《魂灵书》,第149章)被一条蜿蜒缠绕的眼镜蛇盘踞,这条蛇象征着尼罗河,名叫"古代开罗在西天的处所"。"需要……强调的是,尘世之地在此被置于天堂,如同《圣经》中的'天上的耶路撒冷'。"

172 伊欧斯(V. Ions):《古埃及神话》,第85页;插图第42;第43;第54;第74;第75。

173 参见帕斯捷尔纳克:《日瓦格医生》,第589页,拉娜对尤利·日瓦格说道:"生命之谜、死亡之谜、天才的魅力、裸体的魅力,这一切我们皆已懂得。可是,关系到世界的零星生意、地球的重新塑造,我们却不得不深表遗憾:这都不是我们的事。"

174 古希腊哲学家从古埃及文化中吸收了关于不朽的基本理念,尤其是柏拉图,他的"不朽"思想无疑永远在理。"我们如今仿佛对着镜子观看,模糊不清,到那时,就要面对面了,我如今所知道的有限,到那时就全知道,如同主知道我一样。如今常存的有信、有望、有爱,这三样,其中最大的是爱。"(《圣经·哥林多前书》第13章第12—13节)

图书在版编目(CIP)数据

本真不可见:《小王子》的深层心理学分析/(德)欧根·德雷维尔曼著;杨劲译. -- 北京:北京联合出版公司, 2022.3
ISBN 978-7-5596-4984-3

Ⅰ.①本… Ⅱ.①欧… ②杨… Ⅲ.①童话—文学研究—法国—现代②心理学—通俗读物 Ⅳ.①I565.078 ②B84-49

中国版本图书馆CIP数据核字(2021)第014042号

Eugen Drewermann, Das Eigentliche ist unsichtbar. Der Kleine Prinz tiefenpsychologisch gedeutet © 2015 37th edition Verlag Herder GmbH, Freiburg im Breisgau.
Simplified Chinese edition © 2022 Pan Press Ltd.

本真不可见:《小王子》的深层心理学分析

作　　者:	[德]欧根·德雷维尔曼
译　　者:	杨　劲
出 品 人:	赵红仕
策　　划:	乐府文化
责任编辑:	李　伟
责任印制:	耿云龙
特约编辑:	李　洁　春　霞
营销编辑:	云　子　盐　粒
装帧设计:	此　井
封面插图:	树　秒

北京联合出版公司出版
(北京市西城区德外大街83号楼9层　100088)
北京联合天畅文化传播公司发行
北京美图印务有限公司印刷
字数100千　787mm×1092mm　1/32　印张6.25
2022年3月第1版　2022年3月第1次印刷
ISBN 978-7-5596-4984-3
定价:49.80元

版权所有,侵权必究。
未经许可,不得以任何方式复制或抄袭本书部分或全部内容。
本书若有质量问题,请与本公司图书销售中心联系调换。电话:010-64258472-800